Dagmar Chidolue wurde 1944 in Sensburg/Ost-
preußen geboren und lebt heute in Frankfurt am
Main. Sie zählt zu den namhaftesten Kinder- und
Jugendbuchautorinnen und wurde bereits mehrfach,
u. a. mit dem Deutschen Jugendliteraturpreis,
ausgezeichnet.

Im Kinder- und Jugendbuchprogramm der S. Fischer
Verlage sind von Dagmar Chidolue auch ›Millie
in Italien‹, ›Millie feiert Weihnachten‹, ›Millie
in London‹, ›Millie geht zur Schule‹, ›Millie
und die Jungs‹, ›Millie in Hollywood‹, ›Millie
in Ägypten‹, ›Millie in Moskau‹, ›Die schönsten
Erstlesegeschichten von Dagmar Chidolue‹,
›44 4-Minuten-Geschichten zum Vorlesen‹, ›Ricki
und Rosa und das große Drunter und Drüber‹,
›Ricki und Rosa und der Räuberdieb‹ und ›Das mit
mir und Romeo‹ erschienen.
Weitere Titel sind in Vorbereitung.

Gitte Spee wurde 1950 in Surabaya/Indonesien geboren und lebt seit ihrem zwölften Lebensjahr in den Niederlanden. Sie studierte an der Gerrit Rietveld Akademie in Amsterdam und illustriert seit 1983 nicht nur holländische, sondern auch deutsche, englische und französische Kinderbücher, für die sie schon zahlreiche Preise erhalten hat.

Gitte Spee hat auch die anderen Abenteuer von Millie und ›44 4-Minuten-Geschichten zum Vorlesen‹ von Dagmar Chidolue illustriert.

Weitere Informationen zum Kinder- und Jugendbuchprogramm der S. Fischer Verlage, auch zu E-Book-Ausgaben, findet man unter www.fischerverlage.de

Dagmar Chidolue

Millie in Berlin

Mit Bildern von Gitte Spee

Fischer Taschenbuch Verlag

www.fischerverlage.de

4. Auflage: August 2013

Veröffentlicht im Fischer Taschenbuch Verlag,
einem Unternehmen der S. Fischer Verlag GmbH,
Frankfurt am Main, April 2008

Lizenzausgabe mit freundlicher Genehmigung
des Cecilie Dressler Verlags, Hamburg
© Cecilie Dressler Verlag GmbH & Co. KG, Hamburg 2005
Alle Rechte vorbehalten
Satz: Pinkuin Satz und Datentechnik, Berlin
Druck und Bindung: CPI books GmbH, Leck
Printed in Germany
ISBN 978-3-596-80747-5

Inhalt

Lauter Schnäppchen

Gerade eben, in der vorletzten Schulstunde,
haben sie einen Aufsatz schreiben müssen.
Das können sie schon, obwohl sie noch in der
ersten Klasse sind.
Millie hat einen prima Aufsatz geschrieben.
Klein, aber oho. Sie sollten über sich selber
schreiben.
Millie hat kein Blablabla geschrieben. Nicht
so was Dummes wie: *Ich bin ein Mädchen und
sieben Jahre alt.*
Nee. Sie hat über den Körper geschrieben.
Das nennt man Sachkunde.
*Der Körper kann vierzig Zentimeter groß
sein oder ein Meter vierundachtzig. Bei einem
Hund vierzig Zentimeter und bei Papa ein
Meter vierundachtzig. Ich bin ein Meter
zweiundzwanzig groß. Seit Samstag.
Der Körper hat Arme und Beine und einen
Bauch. Am wichtigsten ist das Rückgrat. An*

einem Ende sitzt der Kopf und am anderen
Ende sitze ich.

Gut, nicht?

Und nun haben sie Lesestunde. Die haben sie
jeden Montag.

»Lesebücher aufschlagen!«, ruft Frau
Heimchen. »Seite siebenunddreißig!«

Seite siebenunddreißig oder Seite
dreiundfünfzig – das ist piepegal. Millie
kennt nämlich schon alle Seiten im Lesebuch,
obwohl das erste Schuljahr noch gar nicht zu
Ende ist. Als sie kapiert hatte, wie Lesen geht,
hat sie schnell alle Geschichten in dem Buch
gelesen. Auch die Gedichte. Einige kann sie
sogar auswendig. Die kann sie runterrattern
wie nix:

ZwischenBergenliebeMutterweit-
denWaldentlangReitendadrei-
jungeJägeraufdreiRössleinblank

Was ein Rösslein ist, das weiß
Millie. Das ist nämlich ein
Pferd. Aber warum das Pferd blank sein
soll, das versteht sie nicht. Ein Pferd glitzert
doch nicht, es ist nicht aus Gold oder Silber.
Millie wird ihre Lehrerin fragen, wenn

sie im Lesebuch auf Seite zweiundvierzig angekommen sind.

Nun sollen sie die Geschichte von Himmel, Erde und dem Licht lesen. Kucki, Millies Freundin, die neben ihr sitzt, braucht zum Lesen noch ihren Zeigefinger, als ob sie die Wörter damit unterstreichen will.

Kucki ist nicht nur einfach Millies Freundin. Sie ist Millies beste Freundin. Eigentlich sogar Millies einzige Freundin. Sonst hat Millie nur Freunde. Lauter Jungs: Gus und Wulle und Wölfchen und den Uhu und Jocko. Sie sind mal so und mal so. Manchmal nerven sie schrecklich.

Kucki ist mit Vorlesen dran: »Als der Himmel noch nicht geformt und die Erde noch nicht gebildet war und es weder Menschen noch Tiere gab, vor langer, langer Zeit also …«

Huah. Bei so was muss Millie laut gähnen. Sie sperrt ihren Mund weit auf, ohne die Hand davor zu halten. Frau Heimchen sieht Millie strafend an.

Schon gut, Frau Heimchen, Millie schaut wieder hinein in ihr Lesebuch.

Aber sie kennt die Geschichte doch schon!

Das ganze Buch! Da fällt ihr ein, dass ihr ja heute früh der Uhu die Geschichte vom alten Troll in die Hand gedrückt hat.

»Da!«, hat er gesagt. »Kannst du behalten. Hab ich vom Flohmarkt aus der Bücherei.«

»Kriegst du wieder«, hat Millie gemeint.

Sie lässt sich vom Uhu doch nichts schenken! Der ist sehr gerissen. Millie traut ihm zu, dass er für ein Geschenk etwas wiederhaben will. Ein Andenken an sie oder so was. Er ist nämlich heftig in sie verknallt. Das gibt er auch noch zu. Einmal wollte er schon einen Kuss von ihr haben. Nee, nee, nee, nee, nee, so was kann er sich von der Backe putzen.

Das Buch vom alten Troll hat nur einen Euro gekostet, hat der Uhu erklärt. »Es war ein Schnäppchen.«

Schnäppchen hin, Schnäppchen her – der Uhu wird das Buch zurückbekommen, sobald Millie es gelesen hat. Nun lässt sie ihre Hand runtergleiten und zieht das Trollbuch vorsichtig aus ihrem Ranzen heraus. Frau Heimchen darf um Himmels willen nichts merken!

Geschafft. Na, dann mal los.

Aha, das ist interessant. Trolle sind komische Wesen, knorrige alte Kerle, die in Erdlöchern hausen. Die nennt man auch Feenhügel, merkwürdige Erhebungen mit wild wachsendem Unkraut. Manchmal kommen die Trolle heraus und erschrecken die Menschen, die, lalalalala, fröhlich durch den Wald laufen.

Wie soll Millie sich den alten Troll vorstellen? Na, das werden sie ja wohl noch erzählen. Die anderen Trolle

haben Respekt vor ihm, wie vor einem König.
So heißt es in dem Buch. Sie fürchten den
alten Troll ein bisschen.

Soso. Da hat Millie wieder was gelernt.
Respekt ist das Gefühl, das man hat, wenn
man sich nicht mit jemandem anlegen möchte.
Dann hat Millie sicherlich auch Respekt vor
Frau Heimchen. Oder?

»Millie!«, ruft da die Lehrerin.

Erwischt! Zu blöd auch.

»Millie!«, ruft Frau Heimchen zum zweiten
Mal. »Wenn ich dich noch einmal dabei
ertappe, dass du nicht bei der Sache bist,
dann kassiere ich das, womit du dich gerade
beschäftigst.«

»Kassieren?« Millie hat keine Ahnung, was
Frau Heimchen meint.

»Dann nehme ich dir das Buch weg«, erklärt
die Lehrerin. Mensch, das kann sie doch gar
nicht. Es ist nicht Millies Buch. Es gehört
dem Uhu. Und der hat garantiert keinen
Respekt vor Frau Heimchen. Sie ist ja nicht
seine, sondern Millies Lehrerin. Außerdem
geht er schon in die vierte Klasse.

Frau Heimchen nimmt Millie das Trollbuch

auch nicht weg. Dafür soll sie jetzt vorlesen.
Denkt die Lehrerin etwa, dass Millie nicht
weiß, an welcher Stelle sie weiterlesen muss?
Da hat sie sich aber geschnitten. Millie kann
nämlich zwei Sachen auf einmal machen. Sie
hat zwei Augen. Mit einem hat sie das Trollbuch gelesen, und mit dem anderen hat sie
in die Himmel-Erde-und-Licht-Geschichte
geschaut.

»Aus dem Ozean stieg ein Hügel empor, und
Wind kam auf, und es fing gewaltig an zu
regnen. Donner grollte, und Blitze erhellten
die ganze Welt.«

Huah.

Aber wenigstens ist die Vorlesestunde jetzt
vorbei. Zwölf Uhr. Schule ist aus!

Stühle hochstellen. Ranzen auf den Buckel.
Raus!

Zuerst die Treppe runter. Rechts neben
Millie läuft Kucki, und an ihre linke Seite hat
sich schon der Uhu gedrängt. Gemeinsam
latschen sie über den Pflasterweg durch den
Schulgarten, zuerst dort, wo das Gemüse
wächst und es merkwürdige Erhebungen mit
wild wachsendem Unkraut gibt.

Danach geht es vorbei am Beet mit den Rosen und den Ich-weiß-nicht-wie-die-heißen-Blumen.

Da sind auch die Gartenzwerge. Hat eigentlich schon jemand gemerkt, dass die alle mit dem Rücken zur Schule stehen?

Millie hat es gemerkt. Den Zwergen geht es wohl so wie den Kindern: Am liebsten kehren sie der Schule den Rücken zu. Hahaha, das war doch nur ein Spaß!

Millie findet es aber auch seltsam, dass noch niemand die Gartenzwerge kassiert hat. Dass keiner sie geklaut hat, ist aber auch toll.

Bis zur Ecke können Millie, Kucki und der Uhu gemeinsam laufen, dann trennen sich ihre Wege, und Millie läuft, so schnell sie kann, nach Hause. Dann hat sie nachher mehr Zeit zum Lesen, bevor der Ernst des Lebens beginnt und sie sich an die Hausauf-gaben setzen muss.

Mama wartet mit dem Essen auf sie. Mama und die kleine Schwester. Trudel geht aber gleich ins Bett, Mittagsschlaf halten. So ist das, wenn man erst zwei Jahre alt ist!

Wenn Trudel schläft, muss man leise sein.

Kein Holterdipolter. Kein Hund darf bellen.
Niemand darf klingeln. Selbst Papa ruft vom
Büro aus vorher oder hinterher an.
Nur Jocko hat das noch nicht kapiert. Jetzt
läutet nämlich das Telefon. Hoffentlich pennt
Trudel noch nicht.
Millie rennt zum Telefon.
»Jaha?«
Hat sie doch gewusst! Es ist Jocko.
»Mensch, Trudel schläft doch!«
»Ach ja«, sagt Jocko. Das ist vielleicht einer!
Millie kann ihn sich ohne sein Handy gar
nicht vorstellen. Das braucht er, wie andere
Leute eine Currywurst brauchen. Oder ein
Buch. Oder einen Hund. Das Handy braucht
Jocko zum Leben. Er ist nämlich meistens
allein. Aber er ist ganz zufrieden, wenn er
mit seinem Vater telefoniert. Oder mit Millie.
Jocko ist oft allein, aber er ist nicht einsam.
Deshalb ist das Handy gut.
»Tut mir leid«, sagt Jocko. »Aber ich wollte
nur wissen, ob du gut nach Hause gekommen
bist.«
»Na klar«, sagt Millie. »Was denkst du denn?
Und bist du gut nach Hause gekommen?«

»Na klar«, sagt Jocko. »Was gibt es denn bei dir zu essen?«

»Ich hab schon gegessen«, sagt Millie. »Es gab Gulasch.«

»Lecker«, sagt Jocko: »Mit Reis oder mit Kartoffeln?«

»Mit Reis, du Blödmann. Gulasch mit Kartoffeln schmeckt mir nicht. Und was gab es bei dir?«

»Gemüsesuppe«, sagt Jocko.

»Aus der Dose?«, will Millie wissen.

»Klar.«

»Iii«, macht Millie.

»Sonst wäre es ja zu viel Arbeit«, erklärt Jocko. »Mein Papa und ich können nur Schnitzel und Bratwurst und Spiegelei.«

»Und Gemüsesuppe aus der Dose«, fügt Millie hinzu.

»War aber gut«, sagt Jocko. »Hab ich in der Mikrowelle warm gemacht.«

»Hmhm«, murmelt Millie. »Und willst du sonst noch was?«

»Nee«, sagt Jocko. »Sonst hab ich nichts mehr. Oder kommst du heute Nachmittag vielleicht noch in die Bücherei?«

»Nö, ich glaube nicht, ich hab vom Uhu
heute ein Trollbuch bekommen, das reicht
erst mal.«

Jocko seufzt einmal tief. Er kann den Uhu
nicht leiden, das weiß Millie. Sie gehen in
dieselbe Klasse.

Millie kann Jocko beruhigen. »Das Buch ist
nur geliehen«, sagt sie. »Der Uhu bekommt
es zurück.«

»Hab schon verstanden«, sagt Jocko.

Nix hat der verstanden!

»Du kannst mich ja nachher nochmal
anrufen«, schlägt Millie vor. »Nach drei Uhr.«

»Mach ich«, sagt Jocko. »Bis dann.«

»Bis dann.«

Und was soll Millie jetzt tun?

Manchmal denkt sie einfach nach. Ihr
kommen wichtige Fragen in den Kopf.

Kann man aus Honig Klebstoff machen?

Darf man Tannennadeln kochen?

*Müssen Tomaten rote Farbe fressen, wenn sie
rot werden sollen?*

Wer hat Dosensuppen erfunden?

Hatte Mama früher auch Jungs als Freunde?

Oft findet man auf Fragen keine Antwort.

Und manchmal nützen Fragen auch gar nichts. Man muss Zeit totschlagen, bis Trudel wach ist und man Lärm machen darf. Man muss warten können. Und dabei kommen einem schon wieder wichtige Fragen in den Sinn.

Kann man am Warten ersticken?

Ach, Millie kann doch lesen! Dabei geht die Zeit am schnellsten rum. Die Schwester schläft nun tief. Und Mama hat sich an den Computer gesetzt und surft im Internet. Sööörft. Man hört nur noch ein leises Ticke-ticketack. Und manchmal ein Rascheln, wenn Millie eine Seite umblättert.

Das Trollbuch!

Jetzt kann sich Millie den alten Troll gut vorstellen. Er sieht ein bisschen fies und ein bisschen gemütlich aus. Er hat listige Augen. Listig? Was genau ist das? Ach ja, vielleicht hat er Augen wie ein Fuchs. Schlaue Augen. So wird es sein. Der alte Troll trägt ein scharlachrotes Wams mit aufgenähter goldener Litze, Samthosen bis zum Knie und schwarze Schnallenschuhe.

Was zum Teufel ist ein Wams? Millie

muss Mama fragen. Mama hört auf zu
ticketicketackern. »Ein Wams ist eine Art
Weste«, sagt sie. »Eine eng genähte Jacke,
vielleicht aus Samt. Und dazu passen eine
Kniebundhose und Wadenstrümpfe. So haben
die Leute vor ungefähr zweihundertfünfzig
Jahren ausgesehen.«
»Oder vor tausend Jahren«, sagt Millie. Der
alte Troll ist doch mindestens tausend Jahre
alt.

Mama sagt: »Wir können das Wort *Wams* ja mal in den Computer eintippen. Mal sehen, was die Kiste dazu sagt.«

Ach, ist nicht so wichtig. Millie kann sich jetzt schon vorstellen, was ein Wams ist. Aber was hat Mama denn im Computer gesucht?

»Zuerst wollte ich ein schönes Schnäppchen finden«, sagt sie. »Eine billige Handtasche zum Beispiel.«

Mama hat einen Handtaschenfimmel. Manchmal hat sie auch einen Lederstiefelfimmel. Handtaschen und Lederstiefel sind im Internet oft für nur einen Euro zu finden. Ein Euro – das nennt man Schnäppchen!

»Und was noch?«

»Dann bin ich über ein Mitmach-Spiel gestolpert«, sagt Mama. »Schau mal. Hier suchen sie das schönste Wort, das es gibt. Willst du mitmachen?«

»Vielleicht«, sagt Millie und drückt sich eng an Mamas Seite. »Was haben die Leute denn so eingetippt?«

»*Liebe*«, sagt Mama. »Oder *Glück*.«

»Das sind aber piksige Wörter«, meint Millie.

»Die sind nicht schön. Liebe quietscht, und Glück hört sich an wie ein Schluckauf.«

»Hier hat einer *Münzfernsprecher* hingeschrieben«, fährt Mama fort.

»Das ist auch blöd. Was würdest du denn nehmen, Mama?«

»Hmhmhm.« Mama legt den Kopf in den Nacken.

»Hmhmhm?«

»Nee, Millie, ich denke doch nur nach. Wie findest du denn *Krawumm*?«

»Das haut so, das Wort, das ist auch nicht schön.«

»Ja, mein Schatz, da ist was dran. Was findest du denn gut?«

Zuerst fällt Millie *Wams* ein, das ist doch nicht schlecht. Im nächsten Moment muss sie jedoch an *Mamilein* denken, aber dann hat sie es. Jawohl!

»*Bärlein*«, sagt sie. »Das ist ein schönes, weiches, kuscheliges Wort. Das nehmen wir, Mami, tipp mal ein.« Ticketicketack.

Prima. Nun ist Millie bei dem Mitmach-Spiel dabei, und vielleicht gewinnt sie sogar den ersten Preis.

»Gibt nichts zu gewinnen«, sagt Mama. »Aber sollen wir mal nach einer Schnäppchenreise schauen? Nur für ein Wochenende oder so?«

»Für einen Euro?«, fragt Millie.

Mama lacht. »Das wäre schön, Schätzchen. Wohin soll die Reise denn gehen?«

Millie fällt nichts ein. Höchstens Mönchengladbach. Da wohnt Wölfchen. Den hat sie zwar erst vor wenigen Tagen gesehen, als er zu Besuch gekommen war, aber sie könnte ihn schon wieder vertragen. Wölfchen nervt nicht so wie der Uhu oder Jocko mit seiner Telefoniererei. Er ist auch nicht so frech wie Gus von gegenüber, der ihr schon mal eine reingehauen hat. Und so trottelig wie Wulle ist er auch nicht.

Wölfchen ist nur ein wenig dumm, obwohl er in diesem Jahr schon in die Schule kommt. Er ist auch ein bisschen süß. Er ist so wie ein Bärlein eben.

»In Mönchengladbach ist nichts los«, sagt Mama.

»Außer Wölfchen«, sagt Millie.

»Außer Wölfchen«, bestätigt Mama.

»Gib doch mal *Bärlein* ein«, schlägt Millie vor.

»Vielleicht gibt's ein gutes Schnäppchen für mich. So einen kleinen, lieben, knutschigen Bären für einen Euro.«

Ticketicketack.

»Nee«, sagt Mama. »*Bärlein* kennt der Computer nicht. Aber *Berlin*. Schauen wir doch mal, ob es für Berlin eine Schnäppchen-reise gibt. Ein Sonderangebot fürs Wochen-ende.«

»Oach«, sagt Millie. »Berlin, Berlin. Was soll denn da schon los sein?«

»Mal schauen«, sagt Mama und guckt angestrengt auf den Bildschirm. »Ist doch die deutsche Hauptstadt. Da müsste eigentlich was los sein.«

Hat sie was gefunden?

»Ist ja toll«, sagt Mama. »Hier gibt es tatsächlich ein so genanntes Berliner Bären-schnäppchen.«

Sie liest vor: »Erleben Sie den Aufenthalt in einem Luxushotel mit modernsten Möbeln und Fußbodenbeleuchtung im Badezimmer. Lassen Sie sich bei einem Bärenmenü verwöhnen. Die ganze Familie für einen Bären-preis. Sie zahlen nur für eine Person.«

»Einen Euro?«, fragt Millie und rückt näher heran.

»Nee, aber fast«, sagt Mama und ist ziemlich aufgeregt. »Diese Woche ist Fronleichnam. Feiertag. Wenn wir also den Donnerstag nehmen und den beweglichen Ferientag am Freitag dranhängen, dann könnten wir vier Tage in Berlin verbringen. Für den Preis von nur einer Person.«

»Einen Euro«, sagt Millie.

»Bei der Begrüßung erhalten Sie ein Berliner Bärenbier und ein Bärenleckerli und beim Frühstück viele Bärenüberraschungen extra.«

»Das steht da alles?«, will Millie wissen. So schnell wie Mama kann sie nicht lesen.

»Ist ja irre«, sagt Mama. »Ich rufe mal Papa an.«

Papa sagt sofort ja, als er von dem Bären-schnäppchen hört. Dann ist es wohl in Ordnung. Wenn beide, Mama und Papa, das gut finden! Millie ist jedenfalls noch ein bisschen skeptisch. Sie war ja schon mal in Paris und in London und in New York. Na, davon könnte sie was erzählen! Aber wo ist denn Berlin? Auf dem Globus liegt es gleich

nebenan, nur grüne Wiesen drum herum, nix
los.

Mama macht die Schnäppchenreise sofort
fest. Das kann sie auf der Stelle mit dem
Computer erledigen.

Ticketicketack.

Dabei muss sie Trudel auf dem Schoß
festhalten, denn inzwischen ist die kleine
Schwester wach geworden und noch recht
knatschig.

Jetzt klingelt das Telefon.

Schon wieder!

»Millie, geh mal ran.«

Es ist Jocko. Kann er die Uhr nicht lesen?
Beinahe hätte er in Trudels Mittagsschlaf
hineingeläutet.

»Es ist noch nicht drei!«, brüllt Millie ins
Telefon.

»Na und?«, sagt Jocko. »Ich wollte nur
wissen, was du jetzt machst.«

»Jetzt fahren wir nach Berlin«, sagt Millie.

»Du lügst doch.«

Ja, aber nur ein bisschen. Heute ist zwar erst
Montag, doch der Donnerstag macht schon
winke, winke.

»Es ist eine Schnäppchenreise«, sagt Millie.
»Ein Sonderangebot.«

»Musst du das aller Welt erzählen?«, ruft
Mama genervt.

Ja! Darf man das nicht?

Jocko würde sich ein Handy nehmen

Am Donnerstag wird das Auto mit einem
großen und einem kleinen Koffer, einer
Kühlbox, einer Schuhtasche, Millies kariertem
Rucksäckchen und Trudels Hasenohrenbeutel
vollgepackt.
Wie immer wird Frau Morgenroth auf das
Haus aufpassen. Nee, nicht
weil das Haus weglaufen
könnte. Das geht ja gar
nicht. Frau Morgenroth
soll es nur den Räubern
schwer machen
einzubrechen. Rollläden
morgens rauf- und abends
runterziehen, damit die
Räuber denken, Millie ist
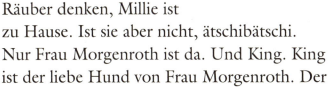
zu Hause. Ist sie aber nicht, ätschibätschi.
Nur Frau Morgenroth ist da. Und King. King
ist der liebe Hund von Frau Morgenroth. Der

kann bellen. Wenn er will. Meistens aber bellt er nicht.

Millie hat mal gelesen, dass Hunde so aussehen wie ihre Herrchen. Oder wie ihre Frauchen. Das stimmt aber nicht. King sieht nicht aus wie Frau Morgenroth. Er sieht aus wie Millie. Aber er ist ja auch ein bisschen Millies Hund. Also stimmt es doch manchmal.

Millie steht draußen am Gartenzaun und wartet, dass Papa und Mama mit der Packerei fertig werden. King hat sich zuerst neben Millie gehockt, dann voll auf den Boden geschmissen. Er liegt auf der Seite und schaut müde aus den Augen. Ihm ist wohl langweilig.

Millie ist nicht langweilig. Von gegenüber sind nämlich Gus und Wulle mit ihren Rädern

auf die Straße gekommen. Sie kurven mitten
auf der Fahrbahn herum. Das darf man hier.
Alle Kinder machen das. Es fährt ja kaum ein
Auto in die Sackgasse hinein.
Gus und Wulle wollen Millie etwas
demonstrieren. Millie kennt das schon. Gus
muss ihr immer zeigen, was er kann. Er ist
der größte Angeber, den sie kennt.
Im Wendehammer zwischen den Häusern
und neben der Mäusewiese fahren Gus
und Wulle ihre Runden. Das reicht ihnen
aber noch nicht. Gus hat sich was Neues
ausgedacht. Er fährt die längere Strecke der
Kurven mit extra viel Karacho. Dann bremst
er abrupt mit den Felgenbremsen ab.
Schschschrrr.
Die Räder quietschen.
Iiiiiii.
Wie die Gummireifen jaulen!
Uuuuuuu.
Das Hinterrad rutscht vor und stellt sich
quer.
Tschock.
Der Straßenstaub wirbelt hoch!
»Habt ihr das gesehen?«, schreit Gus.

Ja, sah toll aus. Muss Millie zugeben. Gus ist erste Klasse.

Wulle macht es Gus nach. Er ist aber längst nicht so mutig wie Gus. Wulle ist immer nur zweite Klasse. Obwohl – in der Schule sind sie beide in der dritten Klasse.

Nun hat Gus was anderes vor. Oha. Wenn das mal gut geht! Er rast mit dem Rad die Straße entlang. Rein in den Wendehammer. Dann zieht er beim Fahren den Lenker hoch und saust, nur auf dem Hinterrad balancierend, an Millie vorbei. Sieht gefährlich aus. King kann gar nicht hinschauen. Mit einer Pfote deckt er sich die Augen zu.

Aber Millie muss hinschauen. Auch Wulle ist stehen geblieben und guckt mit offenem Mund zu.

Wieder düst Gus die Straße hinunter, um Anlauf zu nehmen. Am Ende der Straße dreht er.

»Achtung!«, ruft er und prescht los.

Gus liegt flach auf dem Fahrrad. Er schaut nicht rechts, nicht links. Und schon gar nicht nach hinten.

Von hinten rollt ein Auto heran. Das ist nicht

schlimm. Der Fahrer weiß sicherlich, dass die Straße eine Sackgasse ist. Er will irgendwo parken oder im Wendehammer drehen.

Das Auto kommt ziemlich gemütlich die Straße entlang. Es ist kein schnittiges Auto, kein Ferrari oder so, in Gelb oder in Rot. Es hat so eine blöde Onkel-Karl-Pups-Sessel-Farbe. Das Auto fährt hinter Gus her. Gus ist schnell. Das Auto ist langsam, aber es ist genauso schnell wie Gus. Komisch ist das, findet Millie, schnell und langsam sind auf einmal gleich.

Gus merkt gar nicht, dass ein Auto hinter ihm ist. Er hat ein ordentliches Tempo drauf. Jetzt reißt er den Lenker hoch. Er balanciert auf dem Hinterrad.

Alles so wie vorhin.

Aber Gus ist übermütig geworden. Er hat das Vorderrad zu heftig hochgerissen. Das Rad überschlägt sich, und Gus fällt nach hinten. Er knallt heftig auf den Boden. Irgendwie hat Millie das kommen sehen. Der Schmerz, den Gus jetzt fühlen muss, ist Millie vor Schreck auch in den Bauch gefahren.

Aber der Autofahrer!

Hat er das Unglück nicht kommen sehen?
Doch!

Das Auto bremst ab. Es ist ja nur langsam gefahren, genauso schnell wie Gus, aber so ein Auto ist ein großer Brocken, mein lieber Scholli, es rutscht auch beim Bremsen noch ein Stückchen nach vorn.

Millie hält den Atem an, und King hat schon beide Pfoten über die Augen gelegt.

Nix passiert!

Das Auto bleibt rechtzeitig stehen. Aber nur einen Zentimeter vor Gus. Viel Platz ist da nicht geblieben. Gerade nur so viel wie ein Hundeschwanz.

Na gut, zwei Zentimeter. Der Autofahrer ist ausgestiegen und schimpft Gus aus.

Dass er sich das traut! Gus kann nämlich richtig frech werden.

Jetzt aber hält Gus die Klappe. Der Schreck ist ihm wohl ordentlich in die Glieder gefahren. Na, hoffentlich.

Wulle hat Gus' Mama gerufen. Sie ist auf Gus und auf den Autofahrer böse. Dann beguckt sie sich Gus von allen Seiten. Sein Arm hat was abbekommen. So 'ne Schramme! Das blutet ganz schön.

Als Gus das sieht, fängt er mords an zu heulen. Sieh mal an!

»Heulsuse, Heulsuse«, singt Millie leise, weil das eigentlich nur auf Mädchen zutrifft. Aber es passt auch auf Jungs!

Der Autofahrer schleppt das hingeknallte Rad auf den Bürgersteig und fährt schließlich davon.

Die Mama von Gus führt ihren Sohn ins Haus wie einen Kranken. Vor der Haustür dreht sich Gus um.

»Kommt ihr mich nachher besuchen?«, brüllt er.

Wulle sagt: »Ja.«

Millie ruft: »Nein. Wir fahren nach Berlin. Auf eine Schnäppchenreise!«

Das hat Mama noch mitbekommen, weil sie endlich fertig sind mit der Packerei und die Fahrt jetzt losgehen kann. Papa sitzt nämlich schon im Auto.

Mama verdreht die Augen, weil Millie aller Welt schon wieder von dem Sonderangebot erzählt hat.

Schon gut, Mama. Überleg dir lieber mal, wie wir die Fahrt nach Berlin gut über die Runden bringen. Erfinde doch mal ein schönes Spiel!

Millie sitzt hinten im Auto neben der kleinen Schwester und hält mit ihr Händchen. Das tut ganz gut nach dem Schrecken mit Gus.

»Spiel mal mit Trudel *Dies ist der Daumen*«, schlägt Mama vor.

Na schön.

Dies ist der Daumen, der schüttelt die Pflaumen …

Das macht Millie dreimal mit Trudel. Dann reicht es. Trudel lacht nicht mehr über das Spiel und zieht ihre Pfote aus Millies Händen.

»Was jetzt, Mama?«

Mama seufzt. »Du kannst doch schon lesen, Millie. Lies uns doch mal die besten Auto-kennzeichen vor. Vielleicht gibt es ein paar Buchstaben, die ein richtiges Wort bilden. Wie zum Beispiel da: Opa.«

»Opa?«

»Ja: O-PA.«

Au ja! Gute Idee.

»HU-PS«, liest Millie vor. »Hups. Gilt das,
Mama?«

»Das lassen wir gelten. Es ist ein sehr
hübsches Wort.«

Papa macht bei dem Spiel auch mit.

»OF-EN«, hat er entdeckt. »Ofen.«

Ja, das ist ein richtiges Wort, aber es ist nicht
sehr lustig.

»WÜ-RM«, sagt Millie. »Würm.«

»Du meinst Wurm.«

»Nein, Mama, Würm.«

»Und was soll das sein?«

»Ein Würm ist ein Würm«, sagt Millie. »Das
sind solche kleinen Dinger, Mami.«

»Und ein kleiner Fluss«, mischt Papa
sich ein. »Die Würm fließt südlich von
München.«

Sieh mal an. Da guckt Mama aber!

Oh, wenn man richtig hinschaut, ist die ganze
Welt voller netter, kleiner Wörter. Die ganze
Autobahn jedenfalls.

»HAS-JE«, sagt Millie. »Hasje, das geht auch.
Und da, Mami, guck doch mal. WÜ-FF!

Weißt du, was ein Wüff ist? Das ist nämlich
ein Hund, hast du das nicht gewusst?«
Mama gibt sich geschlagen. Sie atmet einmal
tief durch. Aber sie macht bei dem Spiel nicht
mehr mit.
Trudel ruschelt auf ihrem Hintern hin und
her, und Millie opfert eine Rubbelmaus aus
ihrem Rucksäckchen. Die wird Trudel aufs
Händchen tätowiert. Trudel ist anschließend
damit beschäftigt, die Rubbelmaus mit
Spucke wieder abzuwaschen. Da hat sie was
zu tun, bis sie schon halb in Berlin sind.
»Erzähl mal was darüber«, sagt Millie. »Über
Berlin.«

»Ja, gute Idee. Berichte uns, was du so weißt«, fordert Papa Mama auf.

Prima. Wenn man während der Fahrt quatscht, ist die Reise kürzer.

»Also …«, beginnt Mama. »Berlin ist die Stadt der Bären und der Fürsten und Könige, der Bäume und des Wassers.«

»Ich hab gehört, dass es für jeden Einwohner von Berlin einen Baum gibt.« Papa ist sogar beim Fahren sehr aufmerksam. Seine Augen sind auf die Straße gerichtet, aber seine Ohren auf das, was Mama erzählt. »Fünf Millionen Bäume soll es in Berlin geben. Stimmt das?«

»Ich hab sie nicht gezählt.« Mama schüttelt den Kopf. Dann fährt sie mit dem, was sie über Berlin weiß, fort. »Der Bär ist das Wahrzeichen von Berlin. Wie der Eiffelturm von Paris.«

»Und wie kommt der Bär nach Berlin?«, will Millie wissen.

»Zu Fuß«, sagt Papa. Mensch, Papa macht Witze.

»Der Bär ist doch bloß ein

Wappentier«, sagt Mama. »Wahrscheinlich kommt es von den Pelzmachern, die es hier früher gab. Die Leute nehmen sich oft Tiere als Symbol für ihre Stadt oder ihr Land.«

»Süm… was?« Millie hat keine Ahnung, wovon Mama spricht.

»Symbol«, wiederholt Mama. »Das ist ein Zeichen für ihre Stärke oder für das, was die Leute für wichtig halten. Oft ist es ein Adler.«

»Frau Morgenroth würde sich einen Hund als Sümpopo aussuchen«, sagt Millie und fügt hinzu: »Ich auch.« Und dann will sie wissen, was Mama und Papa nehmen würden.

»Ich?« Papa kratzt sich den Schädel. »Ich würde mich für … für einen Panther entscheiden.«

»Huch«, sagt Mama. »Ich wusste gar nicht, dass du so gefährlich bist.«

»Jocko würde sich einen Ferrari aussuchen«, sagt Millie.

»Oder ein Handy«, sagt Papa brummend. Er ist schon oft durch Jockos Anrufe gestört worden.

Ja, Papa könnte recht haben. Jocko würde sich ein Handy nehmen.

»Und du, Mama? Was für ein Tier würdest du gerne sein?«

»Eine Maus«, sagt Mama. »Ja, ich würde mich für eine Maus entscheiden.«

»Weil du dich dann verstecken kannst?«

»Weil ich dann alle Leute erschrecken kann.«

»Und du, Trudel, was würdest du nehmen?«, will Millie von der Schwester wissen.

Trudel guckt Millie mit großen Augen an. Die versteht doch nichts!

»Was willst du nehmen, Trudelchen? Willst du auch was haben?«

»Jaha«, sagt die kleine Schwester.

»Tudelbummibähham. Bummibäh.«

»Brummibär!«, ruft Mama aus und schlägt vor lauter Entzücken ihre Hände zusammen. Dabei hat sie gar nicht kapiert, was Trudel eigentlich gemeint hat. Trudel versteht noch nichts von Sümpopo und so was allem. Sie hat an Essen gedacht, an leckere Gummibärchen. Millie weiß das. Sie versteht die Schwester oft besser als Mama oder Papa. Sie ist eben näher dran.

Mama hat aber noch nicht alles über Berlin erzählt.

»Und was ist mit dem König, Mama? Welchen König meinst du?«

»Hach«, sagt Mama. »Lass mich mal überlegen. Welcher ist der wichtigste König gewesen?«

»Kleiner König Kalle Wirsch?«, schlägt Millie vor. »Oder König Drosselbart? König Nussknacker? Oder der König der Löwen?«

»Nee, Millie, die haben mit Berlin nichts zu tun. Am bekanntesten war wohl der Preußenkönig Friedrich der Große, der Alte Fritz. Aber es hat auch Kaiser gegeben und Kurfürsten.«

Kuh-Fürsten?

Alles der Reihe nach, Mama.

»Erzähl mir erst von Fritz, dem Großen. Wie groß war der denn? Fünf Meter?« Das wäre ja viel größer als Papa. Mindestens doppelt so groß. »Und was ist ein Preuße?«

»Hmh«, sagt Mama. »Wie soll ich das erklären? Preußen sind Leute aus Preußen.«

»Häh?«

»Also, Engländer wohnen in England, und Leute aus Bayern nennen sich Bayern, und die Einwohner von Berlin heißen Berliner.

Und wer in Preußen gelebt hat, war eben
ein Preuße. Leute aus Frankfurt heißen zum
Beispiel Frankfurter.«
»Es gibt aber auch Frankfurter Würstchen«,
sagt Millie.
»Hach, Millie.«
Ist doch wahr. Und es gibt auch Berliner,
die keine Menschen sind, sondern leckere
Pfannkuchen. So ist das.
Aber jetzt löst Mama Papa beim Fahren ab.
Da muss sie sich auf die Straße konzentrieren.
Und Papa kann keine Geschichten erzählen,
nicht die von dem großen Preußenkönig und
nicht mal die von König Drosselbart. Er sagt,
er habe alle Geschichten vergessen. Papa hat
wohl ein Loch im Kopf. Er hat sich auf dem
Beifahrersitz niedergelassen. Von dort aus
muss er Millie und Trudel bedienen. Ja, Papa,
so ist das, wenn man auf der Beifahrerseite
sitzt.
»Papi, ich hab Durst.«
»Tinken, Papa, tinken.«
»Wer möchte denn ein Würstchen essen?«
»Ich, Papi, ich!«
»Tudelauchwüsschenessen.«

Na, da vergeht die Zeit aber rasch.

»Hallo, Berlin!«, ruft Mama. »Wir kommen.«

Berlin?

Mama muss falsch gefahren sein. Bestimmt landen sie gleich in Paris.

Diese breiten Straßen!

Diese verschnörkelten Häuser!

Und die vielen Bäume. Fünf Millionen! Falls sie doch in Berlin gelandet sind.

Millie liest die Wegweiser, auf denen dicke Pfeile zu sehen sind.

Sie hat es doch gewusst! Sie sind gar nicht in Berlin gelandet, und sie fahren auch gar nicht dorthin.

Rechts geht es nach Tempelhof und Neukölln. Wenn sie geradeaus fahren, werden sie in Kreuzberg und Friedrichshain ankommen, und links liegen Wilmersdorf und Charlottenburg.

Schöner Mist.

Millie sagt lieber nichts, sonst würde Mama noch ausflippen.

Wie erleichtert ist Millie aber, als endlich doch ein Schild auftaucht. Berlin-Mitte steht darauf geschrieben. Na, wenn sie gleich in der

Mitte sind, dann muss Berlin tatsächlich auch um sie herum sein. Gut gemacht, Mama.
Alles aussteigen! Endstation!
Vor ihnen liegt das Hotel mit dem Bärenschnäppchen und dem beleuchteten Fußboden. Millie ist schon sehr gespannt. Oh. Man muss sich hier gut benehmen, das sieht sie auf den ersten Blick. Es gibt eine riesige Glastür, die ins Hotel führt, und alle Herren halten den Damen die Tür auf. Mama und Papa sind dabei, das Gepäck aus dem Auto zu laden. Trudel wagt sich nicht von ihrer Seite. Sie lutscht am Ohr von ihrem Hasenbeutel.
Millie geht schon mal vor. An der Glastür bleibt sie stehen und wartet.
»Worauf wartest du, Millie?«, fragt Papa, als er mit dem großen Koffer angerollt kommt.
»Dass mir jemand die Tür öffnet«, sagt Millie.
»Millie! Du brauchst doch keinen Diener!«
Eigentlich hat Papa recht.
»Na gut, dann mache ich jetzt für dich die Tür auf, Papa.«
Papa zieht nicht nur den großen Koffer hinter sich her. Er schleppt auch die Schuhtasche

und die Kühlbox mit sich herum. Mama hat
genug mit dem kleinen Koffer und Trudel zu
tun.
Da klingelt ein Telefon.
Wo klingelt es denn?
Na, in Papas Jackentasche.
Papa kommt gar nicht ran. Er hat keine Hand
frei.
»Wer zum Teufel ruft mich denn jetzt an?«,
brummt er.
Ach herrje. Millie weiß schon, wer zum
Teufel das sein wird.
»Ich geh mal ran«, sagt sie schnell.
Sie weiß, wie Papas Handy funktioniert.
Es hat lauter winzig kleine Tasten. Viel
zu groß für Papas Pfoten. Millie kann sich
nicht vorstellen, wie Papa es schafft, mit
dem schönen, kleinen, niedlichen Handy zu
telefonieren.
»Hallo«, sagt Millie.
»Hallo«, sagt Jocko. »Wo bist du denn
gerade?«
»In Berlin«, sagt Millie. »Wir sind gerade
angekommen. Und wo bist du?«
»Zu Hause«, sagt Jocko. »Wir haben uns

eben eine Pizza bestellt, mein Papa und ich.
Und was gibt es bei dir zu essen?«
»Weiß noch nicht«, sagt Millie. »Ich glaube,
ein Bärenmenü. Aber ich muss jetzt Schluss
machen.«
»Tschüs, Millie. Bis nachher.«

»Ruf mich lieber erst morgen wieder an«, sagt Millie noch, als sie Papas grimmige Miene sieht. Schnell drückt sie das Handy aus.

»Sag bloß, das war schon wieder dieser Jockel«, sagt Papa.

»Jocko«, verbessert Millie.

»Wie kommt denn der zu meiner Handynummer?«

»Hab ich ihm gegeben«, sagt Millie etwas zerknirscht. »Ich hab ja kein eigenes Handy. Aber wenn ich so ein schönes, kleines, niedliches Handy hätte … Wenn ich selber eins hätte …«

»Der Himmel bewahre uns davor«, sagt Papa.

Papa ist so was von … so was von … Millie kann gar nicht sagen, wie Papa ist.

Manchmal jedenfalls ist er so was von hinter dem Mond!

Und wo bleibt die Currywurst?

Drinnen im Hotel ist niemand und nichts zu
sehen. Nur weißer blitzblanker Fußboden.
Na ja, noch ein paar rote Sessel. Kein
Mensch weit und breit. Wände gibt es hier,
die sehen aus, als wären sie aus weißgrünem
Zuckerstangenglas gemacht.
Die Damen und Herren, die vorhin ins Hotel
gegangen sind, sind spurlos verschwunden.
Es ist ein Gespensterhotel.
Millie nimmt Trudel schon mal an die Hand,
damit sie schnell abhauen können.

Papa und Mama haben vor der leeren Theke das Gepäck abgestellt. Mama wandert nach rechts, und Papa schlurft zur linken Seite des Gespensterhotels auf der Suche nach den Geistern.

Jetzt kommt einer. Millie kann seinen Schatten hinter der Zuckerstangenglaswand erkennen.

Und da erscheint der Geist. Es ist eine Frau, sie hat Busen. Dass sie ein Geist ist, erkennt man auch daran, dass sie nicht lachen kann. Mama zeigt Frau Geist einen Zettel, auf dem steht, dass sie das Bärenschnäppchen gebucht haben.

»Mit Bärenmenü«, sagt Mama.

Und mit Bärenbier und Bärenleckerli, Mami! Frau Geist reicht Mama mit unbeweglichem Gesicht ein Kärtchen über den Tresen. Das Kärtchen soll ein Schlüssel sein.

»Neunter Stock«, sagt sie. »Zimmer neunhundertsiebzehn.« Neunter Stock ist ziemlich hoch, Frau Geist, aber das reicht noch lange nicht ran an den dreiunddreißigsten Stock, wo sie schon mal in New York gewohnt haben.

Frau Geist ist bereits wieder hinter der Zuckerstangenglaswand verschwunden, und Mama und Papa nehmen ihr Gepäck in die Hand.

Wohin geht es nun?

Ach, dort hinüber zu den Aufzügen.

Papa drückt einen Knopf, damit die Kiste runterkommt. Aber nichts passiert.

»Guck mal, da leuchtet was auf«, sagt Mama. »Die wollen noch was von uns wissen. Vielleicht müssen wir das Stockwerk angeben.«

»Dreiunddreißig«, sagt Millie.

Aber keiner hört auf sie. Mama tippt die Nummer neun ein. Das müsste eigentlich funktionieren, Millie hätte es nämlich genauso gemacht.

Aber die Kiste rührt sich nicht.

Papa blickt sich suchend um. »Was ist denn das hier für ein Gespensterhaus!«, sagt er.

Oha. Wenn Papa das schon genauso sieht!

Endlich kommt ein Mensch von draußen durch die Glastür herein. Er geht direkt auf die Fahrstühle zu. Er kann sogar sprechen.

»Ich habe hier auch Stunden gestanden«, sagt

er. »Schließlich hat mir ein Engländer erzählt, wie's geht.«

Man muss nämlich die Schlüsselkarte vor den Schalter halten. Der Fahrstuhl kann lesen! Er zeigt oben mit einem Pfeil, welche Kiste man benutzen darf, die rechte oder die linke. Eine Fahrstuhlkiste kommt angebraust und setzt einen oben vor der Haustür ab.

Wow!

Vom neunten Stock aus kann man auch viel sehen. Ganz Berlin. Oder die Hälfte. Man kann ja nicht durch die Wände gucken. In Berlin gibt es hier einen Turm und da einen Turm und dort einen Turm. Na, morgen werden sie die Türme sicherlich von unten angucken, aber bitte nicht mehr heute. Jetzt sollte es erst mal Hammihammi geben, gell, Trudelchen?

Der Fernseher im Hotelzimmer ist auch ein Geist. Er weiß, wie Mama heißt. Er schreibt: *Herzlich willkommen, Frau Heinemann.* Papa und Mama setzen sich in der gleichen Sekunde und wie auf Befehl auf die Bettkante. Das Bett ist hübsch weiß bezogen und hat ein dickes Kopfkissen. Auf dem liegt

ein Stückchen Schokolade, eingepackt in lila Papier.

Ein Stückchen ist ein bisschen wenig, aber Millie wird es mit Trudel teilen. Sie bricht es entzwei und steckt das kleinere Stück Trudel gleich ins Mäulchen.

Und jetzt das Badezimmer! Nochmal: Wow! Der Fußboden leuchtet tatsächlich. Das ist auch gespenstisch. Das ganze Bad scheint grün. Man kann nicht sehen, woher das Licht kommt. Die Tür, der Boden und die Duschwand sind aus dem Zuckerstangenglas und glitzern, was das Zeug hält. Ach, so gespenstisch ist es gar nicht, eigentlich ist es so schön wie im Märchen. Was schön ist, lässt einem das Herz tanzen.

Millie macht sich ganz leicht und betritt vorsichtig das Badezimmer. Falls das Zuckerstangenglas auf dem Boden einkrachen sollte. Es hält aber.

»Bleib mal draußen, Trudel«, sagt Millie. Sie muss auf die schicke Toilette. Pipi machen. Selbst das Klopapier ist toll. Millie traut sich kaum, ein paar Blättchen abzureißen. Das oberste Blatt hat eine schicke Falte. Vielleicht ist es verboten, von der Rolle ein Blatt abzureißen. Hände waschen.

Oh. Was ist denn das für ein Spritzwasserhahn? Der wäscht ja gleich die Füße mit! Hände abtrocknen.

Wo ist das Handtuch?

Es gibt ein großes und ein kleines Handtuch im Badezimmer. Und ein Waschläppchen. Millie benutzt das kleine Handtuch.

Das ist aber komisch. Sollen sie sich denn alle mit nur einem Handtuch abtrocknen? Da stimmt doch was nicht.

Millie hängt das Handtuch über die Chromstange, so, dass es unbenutzt aussieht. Dann geht sie langsam aus dem Bad. Sie muss nachdenken.

Mama und Papa sitzen immer noch auf
der Bettkante. Papa schaltet mit der Fern-
bedienung durch die Programme. Plötzlich
erzählt der Fernseher was über Berlin.
Die schönsten Sehenswürdigkeiten einer Stadt
muss man selber entdecken. Man findet sie,
wenn man irgendwo entlangläuft, und
plötzlich ist dort ein Haus, eine Straße oder
ein Hinterhof, und der Blick bleibt daran
haften. Wie man solche Orte aufspürt, dafür
gibt es kein Rezept, außer die Augen offen zu
halten und nicht nur zu schauen, ob man in
Hundekot tritt, obwohl das in Berlin leider
besonders notwendig ist.
Na, Millie wird schon auf die Hundehaufen
aufpassen. Sie ist immer sehr aufmerksam,
das ist die Wahrheit. Selbst wenn sie nicht bei
der Sache ist, ist sie aufmerksam, dann hat sie
eben ihre eigenen Gedanken.
Millie hat auch bemerkt, dass es im Zimmer
nur ein Bett gibt.
Es ist zwar ein breites Bett, aber es würde
noch nicht mal für Mama und Papa reichen.
Es hat ja auch nur ein Stückchen Schokolade
gegeben! Es hätten ja vier sein müssen, wenn

alles in diesem Gespensterhotel mit rechten Dingen zugegangen wäre.

»Wo sollen wir denn schlafen?«, fragt Millie also. »Trudel und ich?«

Papa und Mama drehen sich um und blicken hinter sich auf das Bett. Dann gucken sich beide an. Ziemlich doof sehen sie dabei aus. Sie verstehen nämlich die Welt nicht mehr. Das hat Millie sich gedacht.

Dann schauen Papa und Mama Millie an, mit genauso einem Blick, ein bisschen blöde.

Papa sagt: »Schlaues Kind.«

Mama hängt sich gleich ans Telefon und beschwert sich bei Frau Geist. Dann nimmt sie Millie an die Hand und begibt sich nach unten. Millie ist sehr stolz, dass sie Mama zur Seite stehen darf.

Frau Geist versucht Mama zu erklären, warum sie nur das Zimmer mit einem Bett bekommen haben, aber Mama hört gar nicht zu. Sie hat nämlich auf ihrem Zettel, den der Computer zu Hause ausgespuckt hat, vier Personen bestätigt bekommen. Vier!

Frau Geist händigt Mama eine neue Schlüssel-karte aus.

»Haben Sie schon etwas in dem Einbett-Zimmer benutzt?«, fragt sie.

Mama schüttelt den Kopf. Und Millie hält lieber die Klappe. Das Schokostückchen ist doch verschwunden, und vom Klopapier fehlt auch eine lange Schlange.

Bevor Frau Geist wieder hinter ihrer Glaswand verschwindet, fragt Mama noch, wo sie denn das Bärenmenü einnehmen können.

»Das gibt's nur einmal«, sagt Frau Geist.

»Das gibt's nur am Freitag.«

Mama stöhnt auf.

»Und ab wann können wir frühstücken?«, will sie noch wissen.

»Frühstück ist nicht im Preis inbegriffen«, sagt Frau Geist. »Schönes Schnäppchen«, sagt Mama daraufhin. Aber sie meint es sicherlich nicht so, sondern ganz anders.

Jetzt haben sie aber ein Zimmer für vier Personen bekommen. Ein ganz breites Bett und eine Ausziehcouch mit zwei Stockwerken. Millie wird oben schlafen. Oben ist die Luft besser.

Es gibt in diesem Zimmer jedoch keine Schokoladenstückchen. Es gibt auch kein

Bärenbier und keine Bärenleckerli. Millie
weist Mama und Papa aber lieber nicht darauf
hin. Mama könnte noch ausrasten. Oder
Papa. Obwohl Millie und Trudel heute doch
so lieb waren.

Das Wichtigste, das merken Papa und Mama
endlich auch, ist, dass sie was zu essen
bekommen.

Ein Spaziergang!

Die Luft ist wie voller Kribbelwasser.

»Das ist die Berliner Luft, Luft, Luft«, singt
Mama laut. Aber doch nicht auf der Straße,
Mama! Die Leute gucken schon.

Und was soll es denn zu essen geben?

»Currywurst«, sagt Papa. »Die muss es hier
in Berlin doch an jeder Ecke geben. Mir steht
der Kopf jedenfalls nach Currywurst.«

Millie steht der Kopf auch nach Currywurst.
Gute Idee, Papa!

Die Currywurst gibt es aber leider nicht an
jeder Ecke. An jeder Ecke gibt es eine Kneipe,
ein Restaurant oder ein Bistro. Millie würde
überall hineingehen, wenn es da was zu essen
gäbe, ein Butterbrot würde schon reichen.

Die Kneipen haben tolle Namen. Sie

heißen *Pippi-Fax* und *King Kong Klub* und
Schnitzel-König. Millie würde sogar in den
Hoppegarten gehen. Es gibt Hammihammi
aus aller Welt, Trudelchen, türkisch und
japanisch und indisch und bayrisch, aber Papa
sucht nun mal nach Currywurst. Jetzt jammer
nicht.

Plötzlich sind sie auf ihrem Marsch an einer
prächtigen Straße angelangt.

Jetzt flippt Mama aus. »Oh, der Kur-
fürstendamm!«, ruft sie und schlägt vor
Überraschung die Hände zusammen. »Der
Kudamm!«

Kuhdamm? Kuh wie Muhkuh? Muhkuh-
Damm?

Mann, sieht der toll aus, Mann.

Eigentlich besteht der Muhkuh-Damm aus
zwei Straßen. Eine führt runter, die andere
rauf. Und was es hier alles gibt! So viele große
Schaufenster hat Millie noch nie gesehen.
Nicht mal in Paris.

Mama hat doch einen Handtaschenfimmel.
Die Handtaschen in den Schaufenstern am
Muhkuh-Damm kosten alle nix.

»Geschenkt?«, fragt Millie.

»Denkste«, sagt Papa.

Was heißt *denkste*?

»Das heißt, dass hier nur Leute kaufen,
die nicht auf den Preis achten müssen. Die
bezahlen alles, was verlangt wird.«

Schön doof.

»Keine Schnäppchen?«

»Keine Schnäppchen.«

»Ich guck ja nur«, sagt Mama. Sie drückt ihre
Nase aber so fest gegen die Scheibe, dass sie
fast auf der anderen Seite rauskommt.

Im Geschäft nebenan haben sie tausend
Berliner Bären in das Schaufenster gesetzt.
Kleine und große und mittlere liebe,
knutschige Kuschelbären. Jetzt muss Millie
ihre Nase platt drücken.

Ja, auf dem Muhkuh-Damm gibt es wirklich
viel zu gucken. Hochhackige Schuhe, Glitzer-
klamotten, blitzende Autos und schicke
Kneipen. Ach, die heißen hier nicht *Kneipen*,
auf dem Muhkuh-Damm heißen die *Bars*.

Und da vorne: »Papa, guck mal, da steht so
'n komischer Turm, der ist kaputt, der sieht
aus wie ein Wackelzahn.«

»Das hast du schon ganz richtig erkannt,

Millie. Der heißt wirklich *Hohler Zahn*. Auf Berlinerisch.«

»Berlinerisch? Gibt's das?«

»Das wirst du noch erleben«, sagt Papa. »Die haben hier so ihre eigenen Ausdrücke. Das ist die berühmte Berliner Schnauze.«

Hört sich witzig an. Millie wird aufpassen, ob sie nicht ein paar von den Berliner Schnauze-Ausdrücken aufschnappen kann. Aber erst mal passt sie lieber auf, dass sie nicht in einen Hundehaufen tritt. Dafür ist Berlin ja auch berühmt.

»Der kaputte Turm da vorne gehört zur Gedächtniskirche«, sagt Papa. »Die wurde im letzten großen Krieg zerstört. Man hat den Turm extra so gelassen, damit die Menschen immer dran denken, wie schrecklich so ein Krieg ist.«

»Ja«, sagt Millie brav, obwohl sie sich Krieg nicht richtig vorstellen kann. Zum Glück gibt es Krieg nur im Fernsehen. Wenn es ein Film ist, ist der Krieg nicht echt, aber wenn in den Nachrichten darüber berichtet wird, dann gibt es ihn wirklich. Wie soll man das denn kapieren?

»Ja«, sagt Millie trotzdem noch einmal.

Und wo bleibt die Currywurst?

Auf dem Rückweg zum Gespensterhotel kommen sie an einem Geschäft vorbei. Es ist ein doppelt gemoppelter Laden. Über einer Eingangstür steht *Kuchenfritze* und über der anderen *Wurschtfritze*. Wurst ist falsch geschrieben, aber das ist wohl Berlinerisch.

Draußen stehen kleine Tische mit Sonnenschirmen. Da könnte man sich hinsetzen.

Und da setzen sie sich tatsächlich hin, Papa, Mama, Millie und die kleine Schwester.

Ein Junge kommt angeschlurft.

»Wat kann ick Ihn denn jeben?«

»Bist du der Fritze?«, fragt Papa mit einem Blick auf die Leuchtschrift am Haus.

»I Jott, nee doch!«, sagt der Junge. Er ist

viel größer als Jocko und der Uhu. Er ist bestimmt schon dreizehn Jahre alt.

»Ick bin der Maxe«, sagt er. »Fritze is der Vata. Mir hamse heute allet ufjepuckelt. Wejen Feiatach un so. Un nebenan steht de Mutta. De vakooft de Schrippen.«

»Aha«, sagt Papa. Er scheint den Jungen zu verstehen, und auch Mama hört begeistert zu.

»Na, dann bring uns doch zwei Currywürste und eine Portion Pommes, Maxe.«

»Det is jrade 'n bisken uff 'n hohlen Zahn«, sagt Maxe.

»Hast recht«, sagt Papa. »Dann nehmen wir eben drei Currywürste und zwei Portionen Pommes. Die Kinder schaffen noch nicht so viel.«

»Is jut«, sagt Maxe. »Mit Vajnüjen.« Papa und Mama müssen Millie übersetzen, was Maxe gesagt hat. Hmhm, wenn man ungefähr kapiert hat, wie's geht, dann ist Berlinerisch gar nicht so schwer zu verstehen. Da bringt Maxe schon die Portionen. Sieht lecker aus. Er hat aber vier Currywürste mitgebracht.

»Eene jeht uffs Haus«, sagt er.

Was hat er gesagt? Wenn Millie das richtig verstanden hat, schenkt er ihnen eine Wurst. Eene Wurscht! Na, der Maxe ist ja nett! Er hat gewusst, dass Millie glatt eine ganze Wurst vertragen kann und nicht nur eine halbe.

»Danke schön«, sagt Millie, und Maxe sagt: »Jerne jeschehn. Bist ja so 'n nettes, kleenes Häseken.«

O Mannomannomann. Hat Millie richtig gehört?

»Kannst du auch normal sprechen?«, fragt sie.

»Könn kann ick schon«, sagt Maxe. »Aba ick will nich. Ick bin een Berlina.«

»Ick bin aba keen Berlina«, sagt Millie.

»Kiek ma an!«, sagt Maxe.

Er hat Millie verstanden! Huch. Kann sie denn schon Berlinerisch?

Angeschmiert mit Leckpapier

Frühstück am nächsten Tag gibt's auch bei
Maxe. Der freut sich richtig, als er die ganze
Familie wiedersieht.
»Ick denke, mir laust der Affe«, sagt er und
kommt ihnen entgegen. »Ick bin jerührt wie
Appelmus.«
Häh?
Mama legt Maxe vor Freude über seine
Berliner Schnauze den Arm um die Schultern.
»Was kannst du uns denn zum Frühstück
empfehlen?«
»'ne jeschmierte Schrippe un 'ne Tasse
Kaffe«, sagt Maxe.
»Und ein Frühstücksei«, meint Papa.
Maxe zieht seine Nase kraus. »Mir is ja ejal,
wovon Ihn schlecht wird.«
Na, Maxe ist vielleicht ein frecher Hund! Darf
man sich denn so benehmen?
Sein Vater, der Fritze, kommt an den Tisch
und scheucht Maxe hinter die Theke.

»Na, dir wer 'k de Hammelbeene lang ziehn!«, schimpft Fritze.

»Au Backe«, sagt Maxe und verdrückt sich. Aber das Geschimpfe vom Vater ist wohl nicht so ernst gemeint. Der Fritze lacht nämlich dabei. Er hat ein Körbchen mit Brötchen mitgebracht, das sind die *Schrippen,* und Honig und Marmelade, damit aus den Brötchen *jeschmierte Schrippen* werden.

»Is 'n janz jewiefter Junge«, sagt Fritze und ruft Maxe zu: »Schmeiß ma mal de Butta rieba.«

Maxe schmeißt die Butter aber nicht rüber, er hat sie als Butterröllchen auf einem Teller hübsch dekoriert. Und er verbessert seinen Vater. »Et heeßt nich *rieba*, Vata, et heeßt *rüber.*«

»Wat soll det, Rotznese«, sagt Fritze. »Un *heeßen* heißt et ooch nich, *heißen* heeßt et.«

Trudel hat gar nicht zugehört. Sie ist beschäftigt. Mit einer Hand hat sie in das Marmeladentöpfchen gegriffen und manscht mit ihren Fingern darin herum.

Millie schaut entsetzt zu, aber dann zieht sie schnell Trudels Hand aus dem Topf. Sie hält

die Patschhand hoch in die Luft. Jetzt muss
Mama zu Hilfe kommen.
Maxe ist aber schon mit Papierservietten
herbeigeeilt.
»Schnuteken«, sagt er. »Det darfste nich.«
Na, das hört sich aber nett an. Berlinerisch ist
gar nicht so schlimm, wie man zuerst denkt.
Es ist frech, aber es ist lieb frech und nicht
böse frech. Und Maxe ist genauso. Er ist lieb
frech. Böse frech ist zum Beispiel Gus.
Maxe und sein Vater müssen sich nun um
die anderen Frühstücksgäste kümmern. Die
Mutter steht nebenan im Bäckerladen und
bedient dort die Kunden.
Millie kaut mit vollen Backen, und Papa hat
schließlich auch sein Frühstücksei bekommen.
Trudel stopft sich ein paar Brocken von
ihrem Brötchen in die Hosentasche. Mama
tunkt eine Schrippe in den Kaffee, und
Millie schlürft heißen Kakao, ohne dass einer
meckert.
Alles ist gut.
Plötzlich glaubt Millie, sie traut ihren
Augen nicht. Was jetzt passiert, geschieht in
Windeseile. Millie wird nämlich Zeugin eines

Diebstahls. Echt wahr! Was wird sie zu Hause
alles erzählen können!

Ein Fahrradfahrer saust mit Karacho die
Straße entlang. Er bremst vor dem Bäckerladen ab. Die Reifen quietschen. Fast so wie
bei Gus, wenn er Unsinn macht. Deswegen
hat Millie auch genau hingesehen.

Es ist aber nicht Gus, der Radfahrer ist ein
kleiner, dicker Junge. Er trägt ein gelbschwarz
gestreiftes T-Shirt. Damit sieht er aus wie
Willi, der Willi von Biene Maja.

Willi fällt Millie auch deshalb auf, weil er so
ein klappriges Fahrrad hat. Es ist schwarz,
aber schon halb verrostet, und auf dem
Rahmen gibt es einen silbernen Aufkleber mit
Zickzackstreifen.

Willi stellt sein Rad nicht vor dem Geschäft
ab, sondern um die Ecke. Dann stürzt er in
den Laden von Maxes Mutter. Das Geschäft
ist voll, und die Mutter kann gar nicht alles
im Auge behalten.

Aber Millie sieht es genau. Wie Willi nach dem
Marmorkuchen greift. Der liegt oben auf der
Glastheke, und Willi muss sich recken. Aber
es geht schnapp, schnapp, schon hat er den

Kuchen in der Hand, obwohl er eigentlich
noch gar nicht an der Reihe ist.

Und dann haut Willi ab. Ohne zu bezahlen!
Oh! Willi ist ein richtiger Dieb!

Maxes Mutter hat es in diesem Moment auch
gemerkt. »Haltet den Dieb!«, ruft sie. Das
kann jeder verstehen, das ist keine Berliner
Schnauze.

Maxe stürzt aus der Imbissecke und rennt
auf die Straße. Willi, der Kuchendieb, sitzt
aber schon auf seinem Klapperrad und rast
so schnell davon, wie seine kurzen Beine nur
strampeln können.

»Dir hamse woll als Kind zu heiß jebadet«,
ruft Maxe Willi hinterher. »Dir hau ick
nochmal de Jacke voll.«

»Det jenüjt«, sagt Maxes Vater. »Rej dir ab.
Det issen Ding, aber det is ja noch lange keen
Beenbruch.«

Maxe schnauft. »Dem wer 'k zeijen, wat 'ne
Harke is.«

»Man imma langsam mit de jungen Ferde«,
beruhigt ihn Fritze, der Vater.

»Ich hab alles gesehen«, sagt Millie. Wenn
sie es jetzt nicht sagt, wird sie bestimmt

noch dran ersticken. »Er sieht aus wie Willi. Willi von Biene Maja!« Sie versucht, mit den Händen zu zeigen, wie dick Willi ist. Meterdick!

»Und er hat so ein klappriges Fahrrad. Ich erkenn das wieder. Bestimmt.«

»Det Meechen is zum Anknabbern«, sagt Maxe und strahlt Millie an.

Das meint er doch wohl nicht im Ernst?

Na, Millie wird jetzt jeden Morgen aufpassen, ob Willi noch einmal vorbeifährt. Sie wird sogar in ganz Berlin nach dem schwarzen Fahrrad mit den Zickzackstreifen Ausschau halten. Versprochen!

Wo wollen sie denn jetzt hin?

Mama schlägt ein Museum vor. »Vielleicht das Ägyptische Museum mit der schönen Nofretete? Sicherlich gibt es dort auch Mumien zu sehen.«

Mumien kennt Millie schon zur Genüge. Die hat sie massenhaft in London gesehen. Da gibt es nämlich auch ein Museum. Und das mit der schönen Nofitätärätätä können sie sich ja vielleicht bis zum Schluss am letzten Tag in Berlin aufsparen. Reingehen, guten

Tag, Nofitätärätätä, auf Wiedersehen. Das
dürfte reichen.

Papa sagt erst mal nichts. Er zieht eine Schnute.

Mama lenkt ein. »Wisst ihr was? Wir fahren
jetzt erst einmal zum Alex.«

»Und was willst du da?«, fragt Papa.

»Na … gucken«, sagt Mama. »Früher konnte
man dort nicht so einfach hingehen. Da gab's
doch die Mauer. Bestimmt ist auch irgendwo
noch ein Rest davon übrig.«

Was für 'ne Mauer? Kann man da
rüberklettern? Oder ist sie zu hoch?

»Du wirst die Mauer schon noch sehen«,
vertröstet Mama Millie. »Nur Geduld.«

Hach, immer soll Millie Geduld haben!

Aber vielleicht hat der Alex wenigstens was
zum Trinken da. Von Kakao kriegt Millie
nämlich immer so einen schrecklichen Durst.

Nee, beim Alex gibt es nichts zu trinken.
Angeschmiert mit Leckpapier!

Der Alex ist nämlich kein Mensch, sondern
nur ein Platz. Auf der einen Seite gibt es
einen Bahnhof, auf der anderen Seite gibt es
was zu essen. Aber dann muss es dort auch
was zu trinken geben.

71

Dahinten? In dem Einkaufsmarkt? In diesem
Didl-Dadl-Laden?
Mama will nur Fizzelwasser und
Papiertaschentücher kaufen. Es gibt in dem
Didl-Dadl-Laden aber natürlich noch tausend
andere Sachen. Gummibärchen zum Beispiel
und Überraschungseier und Wischiwaschi-
mopps.
Im Vorbeigehen zieht Millie ihre Pfote ganz
schnell mal über den Gummiwischer. Na
prima. Ihre Hand hat Spuren hinterlassen.
Wie gemalt!
»He, Trudel, guck doch mal.«
Man kann auf den blassblauen Wischiwaschi-
mopps Bilder malen!
Die Mopps stehen in einem Pappkarton mit
den Köpfen nach oben. Alle strecken ihren
Gummiwischer in die Luft. Man kann den
Stiel vom Wischiwaschimopp ausziehen.
Wenn man damit wischen will. Jetzt
stehen die Mopps nur so herum und sind
zusammengeschoben.
Millie weiß, dass man auch mit Wischiwaschimopps möglichst keine Dummheiten machen
soll. Das weiß man, wenn man vernünftig

ist. Aber die kleine Schwester weiß das noch nicht.

Trudel hat scharfe Fingernägel. Millie hat das oft zu spüren bekommen. Wenn sie die kleine Schwester ärgert, dann krallt Trudel ihre Pfote in Millies Arm. He, das tut verdammt weh. Trudel kann mit ihren scharfen Nägeln aber auch gut auf Wischmopps zeichnen.

Wollen wir wetten?

Man braucht ihr das nur zu zeigen.

»So geht das, Trudelchen.«

Die kleine Schwester lässt sich das nicht zweimal sagen. Sie zieht tolle Linien über die Wischfläche, wunderbare Sonnenstrahlen.

Und kiek ma an! Trudel kann auch schon Gesichter malen. *Punkt, Punkt, Komma, Strich, fertig ist das Mondgesicht.*

Die Wischiwaschimopps sehen jetzt ganz toll aus. Die Leute werden sich über die Sonnenstrahlen und die Mondgesichter freuen.

Aber der Didl-Dadl-Mann freut sich nicht. Er kommt angeschossen. Hat er auch eine Berliner Schnauze?

»Na, na, na«, sagt er. »Was soll das denn werden?«

Er spricht normal. Nicht alle Berliner können Berlinerisch. Was will er denn hören? Er kann doch sehen, was das werden sollte. Schöne Bilder!

»Wo sind denn eure Eltern?«, fragt der Didl-Dadl-Mann.

Ach, die sind schon da vorne an der Kasse. Sie freuen sich, dass Millie und Trudel angerannt kommen und von unterwegs keine Gummibärchen und Überraschungseier mitgebracht haben. Millie und Trudel sind heute so lieb!

Schnell abhauen! Damit der Didl-Dadl-Mann nicht noch eine lange Geschichte erzählen kann. Mama und Papa mögen so was gar nicht gern.

Draußen müssen Millie und Trudel erst einmal den Durst löschen.

Gluckgluckgluck.

Und noch einmal:

Gluckgluckgluck.

So, und was ist denn nun am Alex los?

Erst mal ist da der Brunnen. Viele Leute hocken auf dem Hinsetzrand und waschen sich die Füße. Oder sie lassen die Beine nur

so in den Wassergraben baumeln. Aus Spaß.
Den Spaß werden Mama und Papa bestimmt
auch nicht mögen.
Aber gucken ist nicht verboten, und das
Wasser rauscht so schön. Millie wird schon
vom Zuhören ganz kühl innendrin. Der
Brunnen hat lauter Wasserschüsseln mit
Pitschwasser drin. Weit weg vom Rand,
hinter dem Wassergraben, ist eine Mauer.
Die hat jemand bunt angemalt. Nicht mit
Kritzelkratzel. Es gibt richtig was zu sehen,
einen Schmetterling oder sogar zwei. Der
Brunnen hat innendrin, an der bunten Mauer,
schimmelige Blumen, die sind schon ganz
grün geworden, und sie pinkeln ins Wasser.
Das ist das, was sich so schön anhört.
»Würdest du deine Füße in das Pipiwasser
reinhalten?«, fragt Millie die kleine Schwester,
die Papa auf den äußeren Brunnenrand
gesetzt hat.
Trudel muss erst Millies Gesicht studieren,
bevor sie antwortet. Millie macht ein ganz
harmloses Gesicht.
»Würdest du?«
Da sagt die Schwester: »Jaha.«

»Iii«, macht Millie. »Iii. Ich würde das nicht tun.«

Trudel macht eine Schnute, als würde sie gleich zu flennen anfangen.

Ach, Millie hat sie doch nur ein bisschen ärgern wollen. Papa braucht gar nicht so finster zu gucken.

Vom Alex aus kann man einen silbernen Lutscher sehen. Der ragt hoch in die Luft. Oben sitzt der Lolli.

»Wenn wir ein bisschen mehr Zeit hätten, könnten wir in das Drehrestaurant vom Fernsehturm gehen«, sagt Mama und zeigt auf den Lolli. »Wir könnten einen Tee trinken.«

»Oder einen Kaffee«, sagt Papa.

»Oder eine Cola«, meint Millie.

Wenn Millie *Cola* sagt, hören Papa und Mama nie zu.

»Tudelcolaham«, sagt Trudel.

Denkste!

Das hat's ja noch nie gegeben!

Ach, der Lolli dort oben ist ein Restaurant? Und es dreht sich sogar. Schade, dass sie nicht mehr Zeit haben. Nächstes Mal?

Aber ganz bestimmt!

Wie hoch ist der Fernsehturm denn?
»Dreihundertfünfundsechzig Meter«, sagt
Papa. »Mit Antenne.«
Millie legt den Kopf weit in den Nacken.
Antenne?
»Der Spazierstock da oben?«
Jetzt bricht Millie aber fast der Kopf ab. So
weit oben und noch höher als der Drehlolli
steht der weißrot gestreifte Spazierstock. Na,
wenn der mal nicht abbricht!
»Eigentlich wäre es ja auch toll, einmal zum

Langen Lulatsch zu gehen«, schlägt Mama vor. Sie sagt es ein wenig zögerlich. Ist doch eine prima Idee, Mama! *Langer Lulatsch* hört sich lustig an.

Ist das vielleicht ein Stelzenmann? Oder ein Urwaldriese, der lieber in der Stadt wohnen will?

»Der *Lange Lulatsch* ist der Berliner Funkturm«, erklärt Mama. »Ich finde, da sollten wir auch mal hin.«

Ja, Mama, ja!

»So viel Zeit haben wir nicht«, sagt Papa. »Und außerdem waren wir ja schon auf dem Eiffelturm.«

»Und auf dem Petersdom!«, ruft Millie.

»Und auf dem Schiefen Turm von Pisa!«

Okay, das sind erst mal genug Türme. Dann läuft sie heute eben ein wenig auf dem Alex herum.

»Aber keine Dummheiten machen«, sagt Mama.

»Und pass auf die gelben Straßenbahnen auf«, mahnt Papa. »Die fahren dort drüben mitten über den Platz. Also: Augen aufhalten!«

Macht Millie doch.

Huch, hier gibt es aber freche Spatzen. Sie
fliegen hautnah an Millie vorbei, pppfffiiittt,
Millie bleibt vor Schreck sogar stehen. Wer
hat denn hier eigentlich Vorfahrt?
Da drüben steht aber ein komisches Ding.
Das muss Millie sich mal ansehen. Aber
Vorsicht vor den gelben Straßenbahnen!
Links gucken, rechts gucken, links gucken.
Alles in Ordnung.
Das komische Ding ist ein Pilz. Logisch. Der
Pilz steht nämlich auf einem Bein. Oben auf
dem Pilz ist ein Wollknäuel montiert. Das ist
nicht aus Wolle, sondern aus … hm … aus
Eisen wahrscheinlich. Das Wollknäuel hat an
einigen Stellen Knoten. Na, da hat einer beim
Wollewickeln aber nicht aufgepasst.
Und das Dach vom Pilz? Wat is det denn?
Gut, dass Papa und Mama mit Trudel
angeschlendert kommen. Sie können Millie
nie lange allein lassen. Das kennt sie schon.
Mama erklärt Millie, dass das Wollknäuel gar
kein Wollknäuel ist.
Hat Millie doch gewusst.
Das Wollknäuel oben auf dem Dach vom Pilz
ist das Sonnensystem.

Was ist das denn?

»Wie soll ich das erklären?«, fragt Mama und sieht etwas hilflos aus.

»Ganz einfach«, sagt Papa. »Die Erde dreht sich um die Sonne. Die Erde heißt auch Planet. Acht andere Planeten kreisen ebenfalls um die Sonne. Das ist es.«

Acht und eins macht neun.

Hat das Wollknäuel denn neun Knoten?

Millie zählt nach. Stimmt!

Papa hat die Wahrheit gesagt.

Halt! Doch nicht!

Es gibt noch einen dicken Knoten in der Mitte. Das ist der Kirschkern. Nee, das ist die Sonne! Dann stimmt es wieder.

Das Dach vom Pilz hat zwei Silberringe, die drehen sich ebenfalls. Wie der Lolli vom Fernsehturm.

Zwischen den beiden Ringen sind Zahlen aufgedruckt. Wie viele? Man braucht das nur abzulesen. Es sind vierundzwanzig.

»So viele Stunden hat der Tag«, sagt Mama. »Dies hier ist die berühmte Weltzeituhr. Da kannst du ablesen, wie spät es auf der ganzen Welt ist.«

Ach ja?

Mal sehen, was es so alles auf der Welt gibt.

Jerusalem.

Kennt Millie, da ist immer Weihnachten.

Casablanca.

Kasse blank. Kein Geld im Portemonnaie.

Honolulu.

Das hört sich sehr schön an. Da will Millie mal hinfahren.

Na, sieh mal an, in Berlin ist es genauso spät wie in Paris.

Halb zwölf.

Panama.

Oh, wie schön ist Panama.

Und unter dem Pilzdach, am Stängel, gibt es noch mehr interessante Sachen zu lesen. Krickelkrackelschrift auf einem Zettel.

»Kannst du das lesen, Mama?«

Mama liest vor:

Hallo, Abschiedsfeierkinder! Bitte lauft in Richtung Rotes Rathaus, dann links zur Bowlingbahn. Olli.

Und darunter steht noch was:

Bitte nicht abmachen.

Nein, sie werden sich hüten, den Zettel vom Stängel zu nehmen. Es ist doch eine Botschaft. Eine Nachricht für alle Abschiedsfeierkinder, die zur Bohnenbahn laufen wollen. Papa sagt: »Wir fahren jetzt zurück. Wir haben heute noch viel vor.«

»Nein! Wir sollen doch jetzt zum Roten Rathaus laufen, Papa! Da ist was los. Und dann … nach rechts oder links, Mama?«

»Millie! Die Nachricht ist doch nicht für uns gedacht.«

»Doch, Mama. Wir fahren auch bald

wieder nach Hause. Und der Abschied ist
schon heute. Die meinen uns! Wir sind die
Abschiedsfeierkinder.«
»Quatsch.«
Hach. Manno.
»Und wann feiern wir dann Abschied?«,
mault Millie.
»Na, vielleicht morgen Abend. Currywurst
bei deinem Maxe.«
Na gut. Aber Maxe ist nicht Millies Maxe.
Was Mama sich so denkt! Millie hätte sich
auch gerne mal den Olli angeschaut. Den Olli
von der Bohnenbahn.

Alles dreht sich nur ums Geld

Mama hat heute Morgen ihren Willen
bekommen. Sie wollte den Alex angucken.
Jetzt ist Papa an der Reihe. Er will zum Bahn-
hof Zoo.
»Da war ich mal als Kind«, sagt er. »Ich habe
ganz viele Erinnerungen daran.«
Erzähl mal, Papa!
»Ach«, sagt er. »Wir hatten eine endlos lange
Bahnfahrt hinter uns, und mir gegenüber saß
ein Kerl, der rauchte in einer Tour Zigarren.
Das war vielleicht eine Luft! Da war ich froh,
dass wir den Bahnhof Zoo erreicht hatten.
Und in der Nähe gab es dann was Schönes zu
essen.«
»Was denn?«, fragt Millie. Sie isst ja auch
gerne was Schönes.
»Saure Nieren«, sagt Papa.
»Iii!«
Papa hat die Hände auf dem Rücken zu einer

Trage verschränkt, und Trudel hockt drin
wie ein kleiner Affe. O nein, wie ein kleiner
Bär. Papa hat also schon wieder keine Hand
frei, als das Telefon in seiner Jackentasche
bimmelt.

»Sag deinem Jocko, dass er zwischen halb
acht und acht Uhr abends anrufen soll«,
brummt er.

Warum hat Papa denn überhaupt das Handy
angemacht, wenn keiner anrufen darf? Na
schön, es könnte ja auch mal jemand anders
sein.

Es ist aber Jocko.

»Du sollst zwischen halb acht und acht Uhr
anrufen«, sagt Millie.

»Warum denn?«

»Weil du störst.«

»Stör ich dich jetzt?«

»Nein.« Millie kann prima auf dem Weg zum
Bahnhof Zoo telefonieren. Mama hält sie an
der einen Hand, und mit der anderen drückt
Millie das Handy ans Ohr.

»Was ist denn so los in Berlin?«, fragt Jocko.

»Nix«, sagt Millie. »Aber ich habe einen
Jungen kennengelernt.«

Jocko sagt einen Moment lang gar nichts. Als ob er beleidigt wäre. Jocko ist schon fast wie der Uhu, der schrecklich eifersüchtig ist.

»Davon will ich gar nichts hören«, sagt Jocko nach einer Weile.

»Was willst du denn hören?«, fragt Millie.

»Was so los ist in Berlin.«

»Nix ist los«, sagt Millie.

»Na, dann bis heute Abend.«

»Ist gut.«

Das Handy wandert zurück in Papas Jackentasche.

»Und was wollte der Knabe?«

»Nix«, sagt Millie.

»Das habe ich mir gedacht«, ist Papas Kommentar.

Papa kann Jocko nicht verstehen. Auch wenn Jocko nichts wollte, will er was. Man hört es zwischen den Wörtern heraus.

Der Bahnhof Zoo sieht von außen aus wie eine schwarze Brücke. Innendrin gibt es jedoch Einkaufsstraßen. Zu den Zügen müssten sie rauf- oder runterstiefeln. Keine Lust, Treppen zu steigen.

Es gibt aber viele Andenkenläden. Ist es noch

zu früh für ein Andenken? Meistens gibt
es das auf einer Reise erst am letzten Tag.
Weil man immer noch was Schöneres finden
könnte als das, was man zuerst ausgesucht
hat.
Aber in Berlin kommen ja sowieso bloß Bären
in Frage. Nur die Größe ist noch nicht klar.
Die Größe hängt vom Geld ab. Und von
Mamas und Papas Laune. Wenn die Laune
gut ist, darf das Bärchen größer sein.
Oh, die Laune ist sehr gut.
»Wollt ihr euch nicht schon ein Andenken
aussuchen?«, fragt Mama. »So einen Bären
vielleicht. Einen Schlüsselanhänger?«
Papa lässt Trudel vom Rücken runterrutschen.
»Bummibäh«, sagt Trudel.
Sie weiß fast immer genau, worüber man
spricht. Aber jetzt hat sie sich geirrt. Sie guckt
nämlich nach hinten, wo sich ein Süßigkeiten-
laden befindet.
Nix Gummibär!
Papa drückt Millie einen Geldschein in
die Hand. »Schaffst du es alleine, euch ein
Andenken zu kaufen?«
Klar, Papa.

Aber Millie nimmt Trudel mit. Zwei Leute
sind besser als einer allein.

»Und nicht weglaufen«, sagt sie zu Mama
und Papa.

Na, das würden die nie machen. Sie wollen
nur schauen, ob Millie sich in so einer
großen Stadt wie Berlin schon ein wenig
zurechtfindet. Zur Not würden sie angerast
kommen. Falls was schiefgehen sollte. Sie sind
ja nur zwei Armlängen entfernt.

Vor dem Andenkenladen steht ein Drehwurmständer mit Millionen von Bären. Die
sind mit Ketten oder Bändern an Haken
aufgehängt.

Zuerst müssen Millie und Trudel alle Bären
begucken. Alle Millionen Bären. Das dauert.
Man muss den Drehständer mehrmals rum-
und rumsausen lassen.

Dann hat Millie sich entschieden. Sie sucht
sich einen mittelgroßen Schlüsselanhänger aus.
Ein allerliebstes, beigebraunes, kuscheliges
Berliner Bärchen.

Trudel nimmt sich auch einen mittelgroßen
Schlüsselanhänger vom Ständer.

»Nein«, sagt Millie. »Nein.«

Sie zeigt Trudel die kleinen
Bären.
Für die kleine Schwester gibt es
doch nur einen kleinen Schlüssel-
anhänger.
Trudel schlägt Millie auf die
Hand.
Millie haut zurück.
Trudel guckt Millie grimmig an,
und Millie schaut finster zurück.
Aber das nützt nichts. Trudel umklammert
ihren Bären.
Da kann man nichts machen.
Jetzt geht's ans Bezahlen.
Geld hat Millie ja genug. Sie hat einen großen
Schein von Papa bekommen.
Der Mann, bei dem sie bezahlen müssen,
ist ein Glatzmann. Millie reicht ihm den
Geldschein rüber. Aber der Glatzmann will
das Geld nicht.
Er sagt: »Hasses nich kleener?«
Schon wieder so eine Berliner Schnauze.
Na, wenn er kein Geld will, dann kriegt er
auch keins. Das Blöde ist, dass Millie und
Trudel die Schlüsselanhänger zurück auf den

Ständer hängen müssen. Trudel will nicht so recht. Millie muss ihr den Bären richtig aus der Hand zerren. Die Schlüsselkette reißt ab.

Trudel ist sehr erschrocken. Sie lässt sich den Bären freiwillig aus der Hand nehmen. Millie hängt die Kette auf den Haken und setzt den kleinen Bären breitbeinig obendrauf. Solange er sitzen bleibt, wird keiner was merken.

Guck nur doof, Glatzmann.

Aber der Glatzmann wird jetzt abgelenkt.

Es passiert nämlich was. Eine blonde Frau mit Spitzmausgesicht und knallenger Hose kommt von oben heulend die Bahnsteigtreppe heruntergerannt.

»Mein Portemonnaie ist weg«, ruft sie. »Wer hat mein Portemonnaie geklaut?«

Alle Leute schauen sich um. Man kann sehen, dass die Handtasche von der Spitzmaus offen steht. Na, dann ist es ja auch kein Wunder, dass ihr Geld weg ist. Wenn sie nicht richtig aufgepasst hat!

»Wer hat mein Portemonnaie geklaut?«

Niemand meldet sich.

Das ist doch klar. Wenn Millie es geklaut

hätte, würde sie es auch nicht sagen. Es gäbe
nur Theater. Aber Millie würde niemals
klauen. Sie meint ja nur, wenn …
»Wer hat mich beklaut?« Das Geschrei
geht weiter. Und aus dem Geschrei wird
schließlich ein schlimmes Gejammer.
»Ich brauche doch mein Geld. Gib es mir
zurück. Hallo. Wer hat mein Portemonnaie
geklaut?«
In diesem Moment dreht sich ein Mann um.
Der ist ganz in Weiß gekleidet, weiße Hose,
weißes Hemd, weiße Schuhe. Er sieht aus, als
wäre er vollständig in Weiß eingewickelt. Eine
Klopapiermumie.
Die Klopapiermumie schaut die Spitzmaus
an.
»Gib mir mein Geld zurück. Ich brauch das
wirklich.«
Ist doch klar. Alles dreht sich nur ums Geld.
Die Klopapiermumie zieht eine Geldbörse
aus der Tasche und wirft sie zu der Spitzmaus
hinüber.
Sie bückt sich und schaut in ihr
Portemonnaie. Es ist noch alles da, sie hat mit
dem Geschrei aufgehört.

Die Leute auf dem Bahnhof klatschen,
und die Klopapiermumie macht, dass sie
wegkommt.

War das schon wieder ein Dieb? Wenn ja,
dann war er aber ein netter Dieb. Den
braucht Millie sich nicht zu merken. Nur
hinter Willi muss sie noch her sein. Das hat
sie Maxe versprochen.

Aufregend ist es im Bahnhof Zoo gewesen.
Leider hat es mit dem Andenken nicht
geklappt.

Mama versucht zu trösten.

»Wir finden bestimmt ein schönes Andenken
im Kadewe«, sagt sie. »Das ist nicht weit. Da
laufen wir jetzt ganz schnell hin.«

Mama und Papa kommen gut voran. Sie
spielen nämlich mit Trudel *Eins, zwei, drei,
hoch*. Trudel juchzt und lacht, und Mamas
und Papas Schritte werden größer und
größer. Sie haben ein flottes Tempo drauf.

Mama ruft Millie zu: »Beeil dich mal,
Schätzchen. Wir haben heute noch viel vor.«

Ja, das Kadewe zum Beispiel.

Wat is det eijenlich?, denkt Millie auf
Berlinerisch. Sie kann sich darunter nichts

vorstellen. Es hört sich an wie der Name
von einem Sofa. Kanapee. Frau Morgenroth
hat so ein Kanapee im Wohnzimmer stehen.
Wenn ihr Hund draufspringt, schimpft Frau
Morgenroth. King darf überall liegen, aber
nicht auf Frau Morgenroths Kanapee.
»Kadewe ist die Abkürzung von *Kaufhaus
des Westens*. Ka-de-we. Es ist so riesig wie
die großen Kaufhäuser in New York und
London.«
Wenn das Kaufhaus wirklich Ka-na-pee hieße,
dann wäre das die Abkürzung von *Kamele
naschen Petersilie*. Oder von *Karins Nase
peselt*. He, Frau Heimchen, das hast du wohl
nicht gedacht, dass Millie sich so tolle Wörter
ausdenken kann, was?
Wenn man Millie so abkürzen würde, dann
hieße sie Mihei. *Hei* kommt von *Heinemann*.
Papa wäre dann Pahei und Mama Mahei. Die
kleine Schwester Truhei.
Und Kucki? Kucki hieße Kumi. Man würde
aber nicht denken, dass das die Abkürzung
von Kucki Mirkovic wäre, sondern von
Kuhmist.
Millie könnte stundenlang so weitermachen.

Wenigstens vergeht die Zeit dann rasend schnell. Schon sind sie vor dem riesigen Sofa-Kaufhaus angekommen. Da werden Klamotten und Käse und Büstenhalter verkauft. Das kann man an den Schaufenstern erkennen. Der Käse im Fenster ist bestimmt aus Plastik, es gibt aber mindestens viertausend Sorten.

Viel interessanter als das Kanapee ist aber die kleine Bude nebenan. Da verkaufen sie keinen Käse. Da gibt es Currywurst!

Zeit fürs Mittagessen.

Mensch, Currywurst könnte Millie jeden Tag essen. Und das Tolle ist, dass man beim Essen die Leute angucken kann und die Straße mit den vielen Autos und die großen Häuser.

Ab und zu schaut Millie aber auch auf ihren Pappteller, um zu sehen, ob noch genügend Currywurst für ihren mächtigen Hunger da ist.

Zum Glück hat Papa an der Wurstbude den großen Geldschein wechseln können. Jetzt haben sie genug Kleingeld für die Berliner Schnauzen.

Hinein ins Kanapee. Herrlich, Millie und

Trudel fühlen sich gleich wie zu Hause. Es gibt nämlich im Sofa-Kaufhaus viele Dinge, die auch für Kinder interessant sind. Zum Beispiel das Maggiauto, rot-gelb. Wenn man eine Münze reinsteckt, rüttelt das Auto einen durch, bis die Knochen klappern. Das ist was für Trudel.

»Auto«, sagt sie und steuert gleich darauf zu. »Auto.«

Auto war das dritte Wort, das Trudel gelernt hat. Millie erinnert sich noch gut daran. Sie war nämlich ein bisschen beleidigt, weil *Auto* noch vor *Millie* drankam.

Trudel hockt sich in das Maggiauto, aber auf die Knie und verkehrt herum. Mama will sie umsetzen, aber Trudel hat ihren Dickkopf.

»Heck«, brüllt sie. »Geheckmama.«

Jeder versteht, was Trudel meint. Das ist nicht berlinerisch. Das ist Trudelsprache.

Schon legt das Maggiauto los. Es rüttelt und schüttelt Trudel ordentlich durcheinander, sodass sie wild hin und her rutscht. Es sieht aber aus, als hätte sie ihren Spaß dabei.

Nun will ein anderes Kind in das Maggiauto klettern, obwohl Trudel noch nicht fertig ist.

Das Kind ist genauso groß wie Trudel. Auch ein Mädchen. Trudel Nummer zwei.

»Geheck«, brüllt Trudel Nummer eins. »Geheck.«

Trudel Nummer zwei kann aber nicht hören.

»Heinkomm«, sagt sie und schaut Trudel Nummer eins flehend an.

Da kann die Schwester gar nicht anders.

Trudel Nummer eins rutscht auf ihren Knien zur Seite, und Trudel Nummer zwei zieht sich hoch in das Maggiauto. Das ist gar nicht einfach bei dem Geruckel.

Trudel Nummer zwei ist glücklich, als sie endlich im Auto sitzt. Sie tätschelt Trudel Nummer eins das Bäckchen. Wie die sich darüber freut! Das hätte Millie nie gedacht. Auch nicht, dass ihre Trudel so nett sein kann.

Was gibt's denn noch im Kanapee?

Neben der Rolltreppe steht wieder so ein Rütteldung. Dieses Mal ist es ein rosa Schweinchen, auf dem man reiten kann. Es sieht sehr hübsch aus. Es trägt einen grünen Sattel. Rosa und Grün passen gut zusammen.

Natürlich will Trudel auch auf dem
Schweinchen reiten.
Aber Papa sagt: »Einmal muss reichen.
Einmal ist genug.«
Sie wollen jetzt nämlich mit der Rolltreppe in
den nächsten Stock fahren.
Für Rolltreppen gilt die Regel: *Rechts
stehen und links gehen.* So machen sie es.
Hintereinander stellen sich Mama, Millie,
Trudel und Papa auf die rechte Seite.
Oder stehen sie so: erst Millie, dann Mama,
dann Papa, und Trudel am Schluss?
Egal, wie es gewesen ist, aber eins steht fest:
Als sie oben ankommen, sind sie nur noch
drei. Papa, Mama und Millie. Mama wird fast
verrückt.
»Trudel!«, ruft sie. »Trudel! Mein Gott, wo
ist Trudel geblieben?«
Zum Glück gibt es meistens zwei Rolltreppen
nebeneinander. Eine führt rauf, die andere
fährt runter.
Es bleibt ihnen nichts anderes übrig,
als mit der anderen Rolltreppe wieder
runterzufahren.
»Trudel!«, ruft Mama.

»Trudel!«, ruft Papa.

Millies Herz klopft. Sie werden Trudel doch nicht für immer verloren haben? Jetzt sind sie schon den halben Weg wieder runtergefahren. Und wer kommt ihnen auf der anderen Seite entgegen? Trudel natürlich. Sie fährt in aller Ruhe mit der Rolltreppe nach oben.

Papa läuft die Rolltreppe, die nach unten fährt, wieder hoch. Das sieht vielleicht lustig aus!

Mama und Millie fahren bis nach unten und nehmen dann die andere Seite, um wieder nach oben zu gelangen.

Trudel sieht ihnen freudestrahlend zu.

»Was hast du gemacht, Trudelchen? Du darfst doch nicht einfach weglaufen, mein Schatz. Wo bist du denn gewesen?«

Mama ist mordsaufgeregt. Und Papa sagt gar nichts. Er hat sich Trudel geschnappt und hält sie am Handgelenk fest, damit sie bis in alle Ewigkeit nicht mehr weglaufen kann.

Trudel sagt: »Tudelssöhnsseingehittet.«

Das hat jeder verstanden. Wenn Millie etwas kleiner wäre, nur ein klitzekleines bisschen, dann hätte sie dem schönen rosa Schwein

auch nicht widerstehen können. Dann wäre sie geritten, aber hundertpro.

Jetzt mal her mit den Andenken. Es gibt nämlich auch im Kanapee Drehwurmständer mit Bärenanhängern.

Millie und Trudel suchen sich die allerschönsten Schlüsselanhänger aus. Gleich groß. Kein Zanken mehr, kein Streit. Jede bekommt ein allerliebstes, beigebraunes, kuscheliges Berliner Bärchen. Will Millie wieder bezahlen?

Klar. Macht sie doch gerne. Papa hat ja jetzt 'ne Menge Kleingeld für sie, rote, goldene und silberne Münzen.

Millie geht zur Theke. Sie legt alle Münzen auf den Tisch.

Der Mann an der Kasse ist eine Gurkennase. Er guckt Millie gar nicht an. Er schaut hinüber zu Papa, denn es ist ja Papas Geld. Und was sagt er? Sagt er vielleicht: *Danke schön. Nett von Ihnen, dass Sie das Geld passend haben?*

Nee, die Gurkennase sagt: »Bleimse mir wech mit det Kleenjeld.«

Man kann es den Berliner Schnauzen einfach nicht recht machen.

Die Maulquappe

Millie und Trudel haben schließlich ihre
allerliebsten Bärchen doch bekommen. In
letzter Minute hat sich Millie aber gegen
einen Schlüsselanhänger entschieden und
einen Kuschelbären ohne Kette gewählt. Nur
mit Schleifchen. Trudel hat ihren Bären auch
wieder umgetauscht. Die beiden Bären sehen
fast gleich aus, aber Trudels Bär hat eine fette
Schnauze, und Millies Kuscheltier ist ein
bisschen feiner. Mit den Berliner Bären im
Arm geht es flott zurück ins Gespensterhotel.
Ein bisschen ausruhen.
Millie verzieht sich erst einmal in das grün
leuchtende Badezimmer.
Was ist denn in den kleinen Päckchen drin,
die neben dem Waschbecken liegen?
Seife? Shampoo?
Richtig geraten. Aber es gibt auch eine
Duschhaube.

»Trudel, komm mal her.«

Huch, wie doof Trudel mit der Duschhaube auf dem Kopf aussieht!

Trudel muss jetzt schlafen, aber ohne Duschhaube, und Millie soll sich auch ausruhen.

»Ich bin so was von kaputt«, sagt Papa und schmeißt sich aufs Bett.

Zeig mal, Papa, wo bist du denn kaputt?

Aber Papa schnarcht schon.

Nach der Mittagspause nehmen sie das Auto, um Berlin kennenzulernen. Die Stadt ist ja viel zu groß für die kleinen Füße. Man kann auch einen gelben Bus nehmen oder die U-Bahn oder sogar ein Boot. Damit kommt man aber nicht überallhin.

Und sollte es regnen, braucht man im Auto keinen Schirm. Der Himmel hat sich nämlich mit grauen Wolken bezogen. Wohin also?

»Erst mal geradeaus bis zum Großen Stern.« Mama zeigt nach vorne.

Der Große Stern ist aber nur ein Platz mit einer Säule in der Mitte. Papa fährt eine Runde.

»Weiter, Papa, weiter. Nochmal. Nochmal.« Das ist ja fast wie Karussellfahren.

Millie schaut sich um. Nach vorn, nach
hinten, nach rechts und nach links. Ach, jetzt
kapiert sie auch, warum der Platz ein Stern
sein soll. Er hat nämlich fünf Strahlen. Das
sind die breiten, schnurgeraden Straßen, die
bis zur Mitte führen. Und in der Mitte steht
die riesige Säule.
Millie schaut nach oben.
Hoch über ihnen auf der Säule steht ein
goldener Engel. Der Engel Gabriel! Sieht aber
aus wie 'ne Frau. Der Engel trägt nämlich ein
Kleid. Siehste!
Es ist gar nicht der Engel Gabriel. Es ist
die Goldelse. »Eigentlich heißt die Dame
Viktoria«, sagt Papa. »Viktoria heißt *Sieg*. Es
ist die Siegesgöttin und soll an irgendeinen
gewonnenen Krieg erinnern.«
Eigentlich müsste die Goldelse Fettelse
heißen, sie wiegt bestimmt hundert Kilo oder
dreihundert oder vierhundert.
»Sie ist siebenunddreißig Tonnen schwer«,
sagt Mama.
»Und welche Schuhgröße hat sie?«, will Millie
wissen. Sie selbst hat Größe achtundzwanzig.
»Schuhgröße zweiundneunzig?«

»Aber genau«, sagt Mama.

Woher will Mama das denn wissen? Millie hat doch nur geraten.

»Jetzt fahren wir noch kurz am Präsidentenei vorbei«, fährt Mama unbeirrt fort. »Das liegt gleich da vorne an der Ecke.« Hat der Präsident denn in Berlin ein Ei gelegt?

»Nee«, sagt Mama. »Die Berliner haben immer so komische Namen für ihre Gebäude.«

Das Präsidentenhaus ist ein großes pechschwarzes Ei. Man kann nur eine runde Ecke von der Straße aus sehen. Aber ein Ei hat doch gar keine Ecken! Es ist überall rund. Und innendrin wohnt das Küken.

»Na, ich denke, der Herr Präsident wohnt wohl lieber im Schloss nebenan«, murmelt Papa. »Im Schloss Bellevue. Das ist Französisch und heißt *schöner Blick*.«

Millie würde auch gerne in einem schönen Schloss wohnen. Es gibt viel Platz. Man könnte sogar im Haus Fahrrad fahren. Aber man müsste auch viel Staub wischen. Das ist wieder nicht so gut. Jetzt rechts herum, Papa, dann wieder links.

»Huch, das sieht ja aus wie eine Maulquappe«, ruft Millie. Schon wieder so ein komisches Gebäude!

In der Maulquappe machen sie Theater und solche Sachen.

»Konzerte«, sagt Mama und fügt hinzu: »Außerdem heißt das nicht *Maulquappe*, sondern *Kaulquappe*.«

»Es heißt auch nicht *Kaulquappe*, sondern *Schwangere Auster*«, berichtigt Papa.

Was ist denn das?

Eine Auster ist eine Muschel. Aber was ist *schwanger*?

»Das ist schwierig zu erklären«, sagt Mama.

»Es ist ganz einfach«, widerspricht Papa.

»Dann erklär du das doch mal«, meint Mama.

»Mach ich ja.« Papa kratzt sich am Kopf. »Schwanger heißt, einen dicken Bauch haben, weil man ein Kind kriegt.«

Ach so.

»Man kann aber auch schwanger gehen mit einer Idee«, sagt Mama.

Dick mit einer Idee im Bauch? Dann ist Millie aber oft schwanger. Sie hat immer so viele Ideen.

Und wohin geht es jetzt?

Jetzt geht's zur neuen Mitte von Berlin.
Wow! Was haben die denn hier für Häuser
hingestellt! Manche sind nur aus Glas gebaut.
Eins sieht aus wie ein Glasschiff, und eins ist
platt wie eine Briefmarke.

»Wer wohnt denn da drin?«

»Niemand«, sagt Papa. »Dort müssen
tagsüber viele Leute arbeiten. Die von den
Parteien und den großen Firmen.«

»Weißt du, was eine Firma ist, Millie?«, hakt
Mama ein.

»Jaha«, sagt Millie. Wenigstens so ungefähr.
Das ist, wo man arbeitet, ein Büro oder so.

»Und abends, wenn die Leute Feierabend
haben, müssen sie das Licht brennen lassen,
damit Berlin leuchtet«, führt Papa weiter
aus.

Na, danke schön. Millie darf das Licht zu
Hause nie brennen lassen. Wenn sie vergisst,
ihre Lampe auszumachen, dann gibt es
Theater. Sie hat kapiert, dass Strom Geld
kostet.

Millie würde nicht gern in einem Glashaus
arbeiten. Nicht mal Schularbeiten würde sie

dort machen wollen. Dann könnte ja jeder
sehen, wie sie in der Nase bohrt.

»Ja, Papa, park mal hier zwischen den beiden
Wolkenkratzern.«

»Wenn du einen Parkplatz findest!«

»Da ist doch einer, Papa. Genau vor deiner
Nase.«

»Gut aufgepasst, Kind.«

Millie passt doch immer auf!

»Kannst du auch Geld in die Parkuhr werfen,
Millie?«

Aber klar doch, Papa.

Millie wirft eine Münze in die Uhr. Rimm,
rimm, rimm. Die Parkuhr arbeitet sofort.
Dann spuckt sie einen Zettel aus.

»Gut gemacht, Millie.«

Aber kaum haben sie den Parkschein gut
sichtbar ins Auto gelegt, fängt es an zu
regnen.

Was jetzt?

Bezahlt ist bezahlt.

»Wir machen, dass wir unter das nächste
Dach kommen«, sagt Mama und läuft mit
Trudel los. »Ab in die Arkaden.«

Das nächste Dach ist ein Einkaufszentrum.

Das schönste am Ah-Garten-Einkaufszentrum ist das Eiscafé. Das finden fast alle Leute. Sie stehen dort nämlich Schlange. Mann, muss das Eis hier gut sein!

Millie steuert gleich die lange Schlange an. Sie sieht sich suchend nach Mama und Papa um.

Mama seufzt. Aber sie nickt.

Dann ist ja alles in Ordnung.

Trudel ist gleich neben Millie gehopst und hält ihre Hand. Papa und Mama stehen an der Seite.

Bloß nicht weglaufen. Papa muss doch bezahlen.

Vor Millie und Trudel in der Schlange steht eine Schnattergans mit Rollmopslocken auf dem Kopf. Die quatscht die ganze Zeit mit ihrem Mann. Der hört ihr aber nicht zu. Er sagt kein Wort und blickt stur nach vorne durch die große Glaswand nach draußen. Dort ist auch wieder nur eine Glaswand zu sehen. Ganz Berlin ist aus Glas gebaut.

Die Schnattergans hat außer dem Mann auch noch einen Hund bei sich. Er guckt freundlich aus der Wäsche. Es ist ein grauweißer Hund

mit buschigen Augenbrauen. Und er hat
ebenfalls Rollmopslöckchen. Klar. Hunde
sehen ja fast immer so aus wie ihre Herrchen
oder Frauchen.
Der Hund schaut von einem zum anderen.
Von Millie zu Trudel. Und zurück.
Trudel hat zuerst Angst. Ihre Hand
umklammert Millies Finger. Millie tätschelt
Trudels Pfote. Das beruhigt die Schwester.
Sie lächelt den Hund an.
»Wauwau«, sagt sie. Sie kann noch nicht
Hund sagen. Was der wohl denkt?
Ob er auch ein Eis haben will?
Jetzt ist endlich die Schnattergans an der
Reihe. Sie nimmt kein Waffelhörnchen,
sondern einen Becher mit fünf Bällchen plus
Sahne. Sie bestellt das Eis, ohne aufzuhören,
mit ihrem Mann zu quatschen. Auf den
Hund achtet sie gar nicht.
Als die Schnattergans ihren Eisbecher
bekommen hat, geht sie nur einen Schritt
vor. Ihre Löckchen tanzen. Sie ist so mit
ihrer Schnatterei beschäftigt, dass sie vergisst
weiterzugehen. Manno. Warum haut sie nicht
ab?

Ach, macht nichts. Sie hat so einen netten Hund.

Nun sind Millie und Trudel an der Reihe. Millie blickt sich schnell nochmal um. Wollen Papa und Mama auch Eis essen? Die schütteln den Kopf. So etwas kann Millie überhaupt nicht verstehen.

Sie bestellt zwei Bällchen Eis für sich selber. Das darf sie, obwohl Trudel nur eine Kugel bekommt. Dafür kriegt Trudel ihre Eistüte als Erste runtergereicht. Das ist Vanille.

Trudel sperrt ihren Mund gleich sperrangelweit auf, weil sie am liebsten die ganze Kugel auf einmal hineinstopfen möchte. Trudel sieht auch aus wie eine Maulquappe.

»Was sagt man denn?«, fragt Millie.

Trudel soll lernen, sich anständig zu benehmen.

»Bittemillie«, sagt Trudel.

Das ist nicht richtig. Es muss *Dankemillie* heißen.

Was Trudel gesagt hat, versteht der Hund falsch. Er macht einfach eine kleine Bewegung nach vorne und leckt an ihrem Eis. Als Trudel merkt, was dem Hund im Kopf

herumgeht, kann sie ihren Arm gar nicht so
schnell hochstrecken. Der Hund braucht sich
nicht einmal auf die Hinterbeine zu stellen.
Trudel ist ja noch klein.
Die Schwester steht wie gelähmt da. Muss sie
sich jetzt das Eis mit dem Hund teilen?
Millie weiß nicht, was sie machen soll. Sie hat
ihre Waffel mit den zwei Bällchen bekommen.
Erdbeer und Zitrone. Über ihren Kopf
hinweg zahlt Papa. Er hat es passend. Und
vor ihr steht die Schnattergans, geht nicht aus
dem Weg und passt schon gar nicht auf ihren
Hund auf.

Trudel schaut fasziniert auf den Hund. Erst nach einer Weile sieht sie Millie mit ratlosen Augen an.

Millie weiß doch auch nicht, was man machen soll. Es ist Trudels Problem.

Trudel knallt die Eistüte auf den Boden.

Der Hund freut sich. Das sieht man am Schwänzchen. Er schleckt das Eis komplett auf. Eigentlich müsste die Schnattergans das Hundeeis bezahlen.

Jetzt haben Mama und Papa auch die Katastrophe mitbekommen. Da ist die Schnattergans aber schon weitergegangen.

Es ist klar, was jetzt passieren soll. Millie und Trudel müssen sich ein Eis teilen. Millies Eis! Einer bekommt Zitrone und der andere Erdbeer. Oder sie lecken beide gleichzeitig daran herum. Was ist besser?

Trudel findet es besser, das Eis mit Millie statt mit dem Hund zu teilen. Millie eigentlich auch.

Alle Wetter

Ein Eis hält nicht lange, wenn zwei daran
herumschnabbeln. Schon als sie wieder auf
der Straße stehen, ist es weg. Alle, alle.
Es hat aufgehört zu regnen. Na prima.
Wohin jetzt?
Erst noch einmal Geld in die Parkuhr
reinschmeißen. Millie macht das.
Rimm, rimm, rimm. Da kommt der Park-
schein raus. Papa legt den Zettel auf das
Armaturenbrett im Auto.
Tür zu.
Da fängt es an zu regnen.
Ist das nicht komisch? Als würde man in
Berlin für den Regen bezahlen. Darüber muss
Millie in aller Ruhe nachdenken.
Aber jetzt erst mal die Beine in die Hand
nehmen und schnell vom Ah-Garten in das
nächste Gebäude laufen. Das heißt bestimmt
Beh-Garten.

Oder, Mama?

»Was du wieder so denkst, Millie!«

Ja, Millie geht immer schwanger mit Ideen.

»Es heißt Sony-Center«, sagt Mama. »Sony ist eine japanische Firma, und in dem Gebäude dort haben sie sozusagen den heiligen Berg Fudschijama nachgebildet. Er soll an Japan erinnern.«

Während sie sich beeilen, das Sonnen-Zentrum mit dem Futsch-Pyjama einigermaßen trocken zu erreichen, kommen sie an einem orangefarbenen Mülleimer vorbei.

Der Mülleimer kann sprechen!

Mama und Papa haben das nicht mitbekommen. Aber Millie hat es gemerkt. Sie ist schon fast vorbeigerannt. Aber dann stoppt sie und stellt sich davor.

Sie hat recht gehabt. Der Mülleimer spricht. Was sagt er denn?

Er sagt: »Dufte Leistung, Kumpel. Echt knorke von dir.« Was soll das denn heißen?

Knorke? Das wird Millie Maxe fragen.

Der Mülleimer fängt wieder von vorne an.

»Dufte Leistung, Kumpel. Echt knorke von dir.«

Hinter Millie gehen Leute vorbei.

»Der spricht ja, der Mülleimer«, sagt jemand und stellt sich neben Millie. »Der sagt ja Kumpel zu mir.«

Millie blickt auf. Ach, das ist ja der Mann von der Schnattergans.

Der Kumpel freut sich sehr, dass der Mülleimer mit ihm spricht. Das gefällt ihm besser als das endlose Gequatsche von seiner Frau.

Die Schnattergans ist auch stehen geblieben. Sie hält immer noch Trudels Hund an der Leine.

»Der Mülleimer kann sprechen«, sagt der Kumpel.

»Red doch keinen Unsinn.« Die Schnattergans schüttelt ungläubig den Kopf. Ihre Löckchen fliegen. Trotzdem kommt sie näher und beugt sich vor. Sie kriegt gar nicht mit, dass Trudels Hund sich hingehockt hat und ein Häufchen macht. Mensch, kann der sich denn kein Hundeklo suchen?

»Dufte Leistung, Kumpel«, sagt der Mülleimer in diesem Moment. »Echt knorke von dir.«

Da ist die Schnattergans erschrocken. Sie macht einen Schritt zurück und tritt in den Hundehaufen. Die Schnattergans weiß wohl nicht, dass Berlin für seine Hundehaufen berühmt ist.

Millie macht lieber, dass sie weiterkommt.

Ab ins Sonnen-Zentrum. Da sieht es zum Staunen aus. Das soll der Futsch-Pyjama sein? Na, der sieht eher wie eine Weltallrakete aus. Raumschiff Entenpreis.

Die Häuser, die Wände rundum bilden einen turmhohen Kreis. Über dem Bauch der Rakete gibt es ein Windmühlendach. Das ist das Sonnensegel.

Wie viele Segel sind es denn?

Vierundzwanzig. Falls Millie beim Zählen nicht durcheinandergekommen ist.

Die Segel sollen aussehen wie der Futsch-Pyjama in Japan. Der heilige Berg. Nee. Nee. Millie bleibt dabei: Raumschiff Entenpreis!

An der Seite führt ein gläserner Aufzug hinauf. Der bringt die Leute hoch zur Schussrakete.

Und wenn alles runterkracht?

Nicht so schlimm. Unten, genau in der Mitte,

gibt es ein Schwimmbad, damit die Rakete
nicht auf die Nase knallt, sondern nur ins
Wasser platscht.
Wie geht's weiter, Papa? Wohin jetzt?
Papa zuckt mit den Achseln. Er schaut in den
Himmel. Es hat aufgehört zu pieseln.
Papa sieht Mama fragend an.
Mama weiß alles. »Zu den Hackeschen
Höfen«, sagt sie. »Wenn es trocken bleibt,
können wir dort gemütlich bummeln. Aber
vorher machen wir noch eine Tour durch das
Botschaftsviertel und das Kulturforum.«
Botschaften, lernt Millie, das sind die Häuser
von wichtigen Leuten aus anderen Ländern.
Die Leute heißen Botschafter. Sie haben gute
und schlechte Nachrichten für den Bundes-
kanzler. Oder sie erzählen was Neues. Der
Bundeskanzler hat auch Nachrichten für sie.
Die sind geheim. Sie werden nur ins Ohr
geflüstert.
Jedes Land hat eine eigene Botschaft. Manche
Gebäude sehen sehr schön aus. Einige sind
langweilig. Es gibt weiße, lila, gelbe und
rote Botschaften. Eine britische und eine
französische Botschaft. Griechisch, indisch

und ägyptisch. Aus allen Ländern, die man auf dem Globus sehen kann.

Die schönste Botschaft ist die italienische. Sie ist aus rosa Zuckerguss und sieht sehr lecker aus.

Museum, Museum, Museum. Zum Glück leiert Mama nur die Namen runter, und sie müssen nicht in alle rein. Museum für dies und Museum für das. Meistens für Kunst.

»Aber zur Nofitätärätätä gehen wir noch rein?«, will Millie wissen.

»Morgen«, sagt Mama. »Morgen ist unser Museumstag.«

»Aber übertreib nicht wieder«, sagt Papa. Er hat auch Angst um seine Füße. Millie weiß, was Papa meint. In einem Museum merkt man erst, dass man Füße und jeder Fuß fünf Zehen hat. Das merkt man am Aua.

Zwischen all den Museen haben sie auch zwei goldene Gebäude mit einem Knitter- und einem Faltendach hingestellt. Das sind die Musikhäuser. Dschingderassabum. Logisch, dass die Häuser aus Gold sind. Wegen der Posaunen und der Trompeten! Die sind doch auch aus Gold gemacht. Leider sind

die Musikhäuser schief gebaut. Das sieht
sehr unordentlich aus. Sie werden bestimmt
bald auseinanderkrachen. Erst recht, wenn
die Posaunen und die Trompeten ordentlich
loslegen.

So, das reicht, Papa. Jetzt fahr mal zu den
Hackfleischhöfen. Dort haben die Berliner
wieder eine Parkuhr aufgestellt. Millie kriegt
Geld. Soll sie es reinstecken oder nicht?
Immer wenn das Kleingeld klick, klick macht
und verschwunden ist, fängt es an zu regnen.
Wenn sie aber kein kleines Geld hineinsteckt,
dann kommt die Polizei und kassiert großes
Geld. Mama hat deswegen schon mal für drei
Brötchen ein Heidengeld zahlen müssen.
Also wirft Millie lieber doch eine Münze
hinein. Diese Parkuhr druckt keinen Zettel
aus. Die Polizei kann am Zeiger ablesen, ob
man gemogelt hat oder nicht.

Jetzt überqueren sie die Straße, um in die
Hackfleischhöfe zu gehen. Da fängt es an
zu gießen. Das hat Millie sich gedacht!
Das nächste Mal wird sie nicht für Regen
bezahlen. Nicht mal an einen Schirm haben
Papa und Mama gedacht. Deswegen müssen

sie von Hof zu Hof springen. Falsch. Sie hüpfen immer von einem überdachten Übergang zum nächsten. Millie kann am besten springen. Über die Pfützen oder mitten hinein.

Vor ihr hastet ein Mann mit einem schwarzen Schirm über die Höfe. Er hat einen dunklen Anzug an und trägt einen Potthut. Er sieht von hinten aus wie Pan Tau. Der aus dem Fernsehen.

In den Hackfleischhöfen gibt es Rosenhöfe und blaue Höfe und Efeuhöfe. Und es gibt den Barbiehof. Das ist der mit den lustigen Balkonen. Zum Schluss kommt der Badezimmerhof mit den tausend schönen Fliesen. Und den hundert leeren Café-Stühlen. Die werden jetzt saumäßig nass.

Wie sie so von Hof zu Hof und von Überdachung zu Überdachung springen, werden sie kurz vor dem Efeuhof von einem Gewitter überrascht. Auch das noch!

Alle Leute stellen sich unter das schützende Dach. Nur ein Mann mit Schiebermütze läuft durch den Regen.

Pan Tau mit seinem schwarzen Schirm ist

auch stehen geblieben. Dicht neben Millie.
Sie traut sich gar nicht hochzuschauen. Falls
er wirklich Pan Tau ist. Müsste sie dann
Guten Tag sagen?
Pan Tau hat seinen Schirm zugeklappt. Na,
was der für einen Bammel hat vor Blitz und
Donner! Wie nervös er ist! Die Spitze vom
Schirm bohrt sich in die Erde, und Pan Tau
dreht den Schirm am Griff hin und her. Die
Tropfen spritzen auf Millies Beine.
Was soll sie machen? Soll sie *Blödmann* sagen?
Das darf sie noch nicht mal zu Gus sagen.
Und zu Pan Tau schon gar nicht. Aber sie
kann sich auch nicht alles gefallen lassen.
Millie schiebt ihren Fuß vor. Dann kickt
sie die Schirmspitze ein Stückchen weiter
weg. Zack, zack. Das reicht, damit Pan Tau
stillhält. Na, siehste.
Sogar ein Postbote mit seiner Karre kommt
jetzt angeflitzt. Auch er stellt sich unter. Er
wischt sich die Regentropfen vom Gesicht.
»Alle Wetter«, sagt er.
Es hört sich an wie ein Schimpfwort.
Der Postbote hat lauter Päckchen auf seinem
Wagen. Das sind bestimmt die Geburts-

tagspäckchen für
die Kinder aus den
Hackfleischhöfen.
Huh, was ist das aber
auch für ein Unwetter.
Wolkenbruch! Der
Himmel schickt alles
auf die Erde, was er zu
bieten hat. Es blitzt und
rumst, es schüttet, es
schlägt, es kracht.
Wenn der Blitz den
Himmel schlagartig
aufreißt, verschlägt es Millie den Atem. Sie
geht einen Schritt vor, zu Papa, und greift
nach seiner Hand.

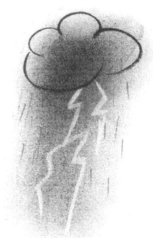

»Hast du Angst?«, fragt Papa.
»Nee«, sagt Millie und nickt gleichzeitig. Ja,
sie hat die Hosen voll.
Trudel sitzt auf Mamas Arm. Die kleine
Schwester hat Mamas Hals fest umschlungen.
Sie hat die Augen geschlossen und presst ein
Ohr an Mamas Brust. Mama hält ihr mit der
freien Hand das andere Ohr zu.
Papa gibt Millie in einer Knallpause einen

Ratschlag. »Du musst nach jedem Blitz
die Sekunden zählen«, sagt er. »Bis du den
Donner hörst. Wenn du bis vier zählen
kannst, ist das Gewitter einen Kilometer weit
entfernt. Dann kann dir nichts passieren.«
Wie lange dauert eine Sekunde? Eins, zwei,
drei, vier schnell oder eins – zwei – drei – vier
– langsam gezählt?
Man kann bei diesem Gewitter gar nicht
zählen. Man kommt nicht zwischen Blitz
und Donner. Es geht nur noch bums, krach,
bums, krach. Au Backe.
Jetzt fängt es auch noch an zu hageln. Millie
linst mit einem Auge auf den Efeuhof. Der
Hagel sieht toll aus. Die Eiskugeln sind so
groß wie Hühnereier. Ehrlich. Und alle haben
runde Ecken wie das Präsidentenei.
Endlich lässt der Wolkenbruch nach. Langsam
wird es ruhiger. Jetzt ist das Gewitter wirklich
schon einen Kilometer weit weg, jetzt zwei
und nun drei. Stimmt's Papa?
Pan Tau läuft los. Millie kann einen Blick auf
sein Gesicht erhaschen.
Er ist gar nicht Pan Tau!
Der Postbote weiß noch nicht so recht, ob

er sich mit seiner Karre rauswagen darf. Er
schiebt den Wagen mal vor und mal zurück.
Er kann sich nicht entscheiden. Gut so, Herr
Postbote. Sonst könnten all die Geburtstags-
geschenke doch noch nass werden.

Endlich machen sich Mama mit Trudel und
Papa mit Millie an der Hand auf den Weg. Es
fieselt nur noch ein wenig. Für mehr Regen
hat Millies Geld in der Parkuhr wohl nicht
gereicht.

In den Hackfleischhöfen gibt es viele
Geschäfte, aber sie gehen in keines rein.
Warum kommt man denn überhaupt hierher,
wenn man doch nichts kauft?

»Zum Gucken«, sagt Mama. »Nur zum
Gucken.«

Es gibt auch ein Kino in den Hackfleischhöfen. Bei dem Regen wäre es dort
gemütlicher gewesen als unter dem Dach vom
Efeuhof. Vielleicht hätten sie da *Harry Potter*
ansehen können oder wenigstens *Bambi*. Das
kann sich Millie dreitausendmal anschauen.
Das Gute am Gewitter war, dass sich auch die
Polizei nicht rausgetraut hat. Die Parkzeit ist
schon längst abgelaufen. Hat keiner gemerkt.

Oh, wie nun die Sonne scheint! Da können
sie noch was erledigen.

»Der schönste Platz in Berlin ist der
Gendarmenmarkt«, liest Mama im Auto
vor. Sie hat einen kleinen Reiseführer dabei.
Deshalb weiß Mama immer alles.
Und Millie weiß natürlich, wer John Darm
ist, nämlich ein Polizist. Sie spielen manchmal
in der Schule Räuber und John Darm. Am
liebsten ist Millie Räuber. Das ist spannender,
als Polizist zu sein. Die Räuber können sich
verstecken. Sie hocken hinter einem Busch
oder einer Hausecke, aber John Darm muss
tüchtig arbeiten und die Räuber suchen. Das
macht keinen Spaß.
Am Marktplatz von John Darm haben die
Berliner schon wieder Parkuhren aufgestellt.
Die ohne Zettel.
Millie hält die Hand auf, und Papa legt eine
Münze hinein. Er wird bald sein ganzes
Kleingeld verplempert haben.
Millie läuft zur Parkuhr. Heute haben sie
schon zwei- oder dreimal für das Wetter
bezahlt. Für den Regen.
So geht das nicht weiter! Millie will, dass

es jetzt ein Weilchen trocken bleibt. Also schmeißt sie die Münze nicht in die Uhr. Aber kein Wort darüber zu Papa!

Jetzt geht's über die Straße auf den Platz. Links steht eine Kirche, und rechts steht eine Kirche. Beide tragen steinerne Tanten auf dem Dach und eine goldene Mieze auf der Kuppel. *Mieze* sagt man eigentlich nicht zu Frauen, das ist nicht nett, aber Gus sagt immer *Mieze*, wenn er einen ärgern will. Er sagt es auch zu Mädchen.

»Das hier sind der Deutsche und der Französische Dom«, erklärt Mama. »Und in der Mitte befindet sich das Konzerthaus.«

Vom Konzert ist aber nichts zu hören. Darauf hätte Millie jetzt auch keine Lust gehabt. Sie hat schon wieder einen Jipp auf Currywurst. Zunächst aber will Mama in den Deutschen Dom hinein. Geht nicht. Es gibt dort eine Ausstellung über Politik, und die hat heute geschlossen. Hurra!

Aber Mama gibt nicht auf. Sie trabt hinüber zum Französischen Dom. Trudel wird von der Hand gelassen. Sie springt in jede Pfütze hinein, sodass die netten Spatzen, die sich

auf dem Platz versammelt haben, erschreckt
hochfliegen.

Wunderbar, der Französische Dom ist auch
geschlossen, weil er repariert wird. Das ist
gut. Man muss einfach mal nur so rumhopsen
können. Man muss einfach mal wieder eine
Currywurst essen.

Verdammt. jetzt fängt es doch wieder an zu
regnen. Wie ist denn das möglich? Millie
hat doch gar nicht dafür bezahlt! Am Rand
des Marktplatzes von John Darm, vor dem
Deutschen Dom steht tatsächlich eine
Würstchenbude mit vielen aufgespannten
blauen Sonnenschirmen. Klasse!

Es bleibt ihnen gar nichts anderes übrig, als
sich dort unterzustellen und abzuwarten.
Weil sich die Sonnenschirme inzwischen in
Regenschirme verwandelt haben.

Der Würstchenmann wartet auch. Er
hofft wohl, dass alle Leute, die sich jetzt
unterstellen, Würstchen kaufen werden.
Unter den Sonnenschirmen stehen einige
Stühle. Millie weiß nicht, ob man sich so
ohne weiteres setzen darf. Vielleicht muss
man erst ein Würstchen bestellen.

Die Spatzen machen sich deswegen keine
Gedanken. Sie haben sich einfach auf allen
Stühlen niedergelassen. Trudel macht es
ihnen nach. Sie klettert auf einen Stuhl, setzt
sich seitlich hin und lässt die Beine baumeln.
Respekt! Die Spatzen sind einen Stuhl
weitergeflogen.
Trudel kramt aus ihrer Hosentasche ein
paar Brötchenbrocken. Sie wirft sie auf den
Spatzenstuhl.
»Hammihammi«, ruft Trudel den Vögelchen
zu.
Die Spatzen lassen sich das nicht zweimal
sagen. Sie sausen von der Lehne und picken
die Krümel in einem Heidentempo auf.
Und was sagt der Würstchenmann zu allem?
Millie sieht, wie er aus den Augenwinkeln
einen Blick auf Trudel wirft. Aber er hat auch
Respekt vor der kleinen Schwester. Weil sie
noch so klein ist?
Trudel ist zwei Jahre alt und Millie sieben.
Millie weiß nicht, wie weit der Respekt
von dem Würstchenmann geht. Er lässt die
Spatzen sitzen, und er lässt Trudel gewähren.
Wird er auch Millie in Ruhe lassen?

Trudel geht es gut. Sie baumelt fröhlich mit den Beinen.

Selbst ein Spatz hat sich wieder zu ihr auf die Lehne getraut. Das macht Trudel glücklich. Millie holt einmal tief Luft, macht einen schnellen Schritt und setzt sich auf einen Stuhl. Ein paar Spatzen flattern hoch. Sie beruhigen sich aber schnell wieder. Millie hofft, dass einer von ihnen zurück in ihre Nähe kommt, vielleicht sogar auf ihren Arm. Und was macht der Würstchenmann? Er räuspert sich schon. Gleich wird er meckern, weil man sich nicht umsonst auf seine Stühle setzen darf. Jedenfalls nicht, wenn man schon so groß ist wie Millie.

Aber der Himmel reißt noch rechtzeitig auf, und Mama sagt: »Kommt, Kinder, wir gehen weiter.« Sie guckt den Würstchenmann allerdings entschuldigend an. Tut es ihr leid, dass sie keine Würstchen gekauft haben? Mensch, Mama, Millie tut es auch leid!

Kaum sind sie auf der Straße und sehen schon ihr Auto, fängt Papa an zu rennen.

»Na, das gibt es doch nicht!«, ruft er.

Papa, was ist los?

Die Polizei ist los! John Darm!

Er hat sich bei dem Regen doch auf die Straße getraut und guckt sich die Parkuhren an. Ob auch keiner gemogelt hat! Papa meint, dass alles in Ordnung sei. Die Uhr kann ja noch gar nicht abgelaufen sein. Es war ja genug Geld drin.

»Meine Tochter hat eine Münze in die Uhr gesteckt«, erklärt Papa John Darm, als er atemlos bei ihm ankommt.

Was guckt der Polizist denn so grimmig und unbeweglich? Mann, will er Papa jetzt verhaften? Oder sogar Millie?

Oha. Millie zieht schon mal den Kopf zwischen die Schultern. Sie hat die Münze, die eigentlich in die Parkuhr gehört, immer noch in ihrer Hosentasche.

Als John Darm die Uhr lange genug angestarrt hat, sieht er Papa mit strengen Augen an. Vielleicht wird er ihm jetzt Handschellen anlegen.

Papa wehrt sich. »Ich versteh das nicht«, sagt er. »Wir waren nur zehn Minuten auf dem Platz.«

»Das sagen alle«, meint John Darm und

verzieht keine Miene. Er zückt eine kleine
Rechenmaschine. Er will von Papa Geld
kassieren. Immerhin wird er Papa nicht ins
Kittchen stecken. Trotzdem, Geld loswerden,
für nichts und wieder nichts, tut auch weh.
Aber Millie hat die rettende Idee. Sie angelt
die Münze aus ihrer Tasche und hält sie John
Darm hin.
»Ich bezahle das«, sagt sie.
Papa schnauft einmal tief auf. Millie weiß,
was das bedeutet. Jetzt hat Papa kapiert, was
geschehen ist.
Aber in das Gesicht von John Darm kommt
Bewegung. Er zieht eine Augenbraue hoch.
Auch sein Mundwinkel macht eine leichte
Biegung nach oben.
»Na, wenn das so ist«, sagt John Darm.
Papa hat zwar kapiert, was passiert ist, aber er
versteht nicht, warum.
»Was …«, sagt er. »Warum …«
»Ich wollte nicht nochmal für Regen
bezahlen«, versucht Millie zu erklären. »Wir
haben heute schon zweimal bezahlt, nee,
dreimal, und jedes Mal hat es zu regnen
angefangen. Ich hatte die Nase voll.«

John Darm zieht nun beide Augenbrauen hoch, und bei Papa fällt der Kinnladen runter. Mama sieht auch ein bisschen bedeppert aus. John Darm aber zieht ab. Er hat niemanden verhaftet, und er hat auch kein Geld kassiert. Er hat nur gesagt: »Aber nächstes Mal …«

»Ja, ja«, stöhnt Papa. Er sieht Millie immer noch völlig verständnislos an.

Ach, sollen doch alle denken, dass Millie plemplem ist. Es ist aber nicht Millie, die verrückt spielt, sondern das Wetter.

Das Bärenmenü

Es ist spät geworden. Bevor sie noch vor
Hunger krepieren, setzt sich die ganze
Familie ins Auto und fährt nach Hause. Nach
Hause? Nee, zum Gespensterhotel. Heute
Abend ist das Bärenmenü fällig.
Zurück geht es wieder durch ganz Berlin.
Immer gibt es was Neues zu sehen. Es reicht
aber, wenn man es sehen kann.
Man muss nicht überall selber herumlatschen.
Mama spielt weiterhin den Reiseführer.
»Jetzt fahren wir an der Humboldt-
Universität vorbei, und gleich links befindet
sich die Museumsinsel. Links! Links!« Ja,
Mama, aber man kann doch wohl mal
rechts mit links verwechseln. Wo ist die
Humbug-Unität? Jetzt liegt sie schon hinter
ihnen. Aber Millie sieht noch, dass ein paar
Leute von der Unität vor dem Tor Bücher
verkaufen. Alles aus Flohmarktkisten. Da

kann man sicherlich auch das eine oder andere Schnäppchen machen. Hat die Unität vielleicht auch ein Trollbuch abzugeben? Zum Fragen bleibt keine Zeit.

»Jetzt, da vorne ... rechts! rechts! rechts! ... sehen wir das Nikolaiviertel, das ist die Wiege von Berlin.«

Mensch, Mama, man bekommt noch einen Drehwurm im Kopf. Und was für ein Quietschiquatschi erzählst du da? Berlin hat doch nicht in einer Wiege gelegen. Die Stadt ist doch kein Baby gewesen.

»Man sagt das so, wenn man meint, dass alles hier angefangen hat«, erklärt Mama. »Die ersten Häuser, die ersten Straßen von Berlin haben sich im Nikolaiviertel befunden. Vor langer, langer Zeit.«

So ist das also. Millies Wiege hat demnach im Haus neben der Mäusewiese gestanden. Trudels auch. Sie haben jedoch nie eine Wiege gehabt, sondern immer beide ein richtiges Kinderbett. Mit Gitterstäben, damit man nicht rausplumpsen kann.

Jetzt wieder links rum, Papa, und dann immer geradeaus. Gleich werden sie bei

Maxe vorbeifahren. Beim *Kuchenfritze*. Beim *Wurschtfritze*. Mal aufpassen, wann es so weit ist. Wenn man die Augen offen hält, kann man viel sehen.

Man kann sogar Willi, den Kuchendieb, wiedererkennen.

»Papa, da! Links! Ich meine rechts! Fahr ihm mal nach!«

»Wovon redest du, Millie?«

»Der Willi, da vorne!«

»Wovon redest du, Millie?«

Mensch, hat Papa das schon vergessen? Ach, er kennt sich nicht mit Biene Maja aus.

»Papa! Der Junge auf dem Klapperrad! Das ist der Kuchendieb. Das ist Willi von Biene Maja.«

Ach, schon ist er in einem Hof verschwunden. Papa fährt langsam vorbei. Millie kann sehen, dass hinter dem Hof noch ein Hof kommt. Ein Hinterhof. Wenigstens weiß sie jetzt, dass Willi anscheinend ganz in der Nähe wohnt. Der

muss doch wohl irgendwann zu kriegen
sein?

Nun halten sie noch kurz beim *Wurschtfritze*
an. Millie darf ihr Fenster runterfahren lassen
und Maxe zuwinken. Der kommt gleich
angelaufen. Anjeloofen!

»Na, Meechen«, sagt Maxe. »Jibts heut wieda
Currywurscht?«

»Nee, nich, Maxe. Jleich jibts Bärenmenü.«
Millie kann schon ziemlich flott Berlinerisch.
Das ist leichter als Englisch, wo man sich
fast immer auf die Zunge beißen muss.
Und Berlinerisch ist auch leichter als
Franzöhösisch. Das versteht man ja gar nicht.
Französisch ist ein einziger Kartoffelbrei.
Süllepong dawinjong.
Maxe hat Millie gut verstanden.

»Bärenmenü jibts nich«, sagt er. »Det is
jelogen.«

»Jibts doch«, sagt Millie. »Und sag mal, was
heeßt denn *knorke*?« Solange sie das nicht
weiß, hat sie den sprechenden Mülleimer
nicht richtig verstanden.

»Det weeßte nich?«

»Nee, weeß ick nich.«

»Knorke heeßt dufte«, sagt Maxe. »Un dufte
heeßt jroße Klasse, vastehste mir?«
Mir? Max, das heißt doch *mich*.
Trotzdem versteht Millie, was Maxe meint.
Klar doch.
»Ich hab eben den Kuchendieb gesehen«,
sagt Millie noch schnell. Sie sagt es auf
Normal und nicht auf Berlinerisch, das wäre
ihr jetzt nämlich zu kompliziert.
»Wat haste?«
»Ja, ich hab Willi gesehen, der wohnt hier
gleich um die Ecke.« Millie kann ein wenig
mit ihrem Wissen angeben. »Ich sag dir
Bescheid, wenn ich ihn nochmal sehe.«
»Ick bin janz baff«, sagt Maxe. »Haste denn
die janze Jegend abjeklappert?«
Mama versteht Maxe besser als Millie.
»Nein, Max«, sagt sie. »Wir sind zufällig
vorbeigekommen. Millie meint den Jungen
erkannt zu haben. Wegen des schwarzen
Fahrrads.«
»Und wegen der Zickzackstreifen und weil
er wie Willi aussieht«, fährt Millie fort und
deutet mit ihren Händen einen dicken Bauch
an.

»Aha«, sagt Maxe. »Weeß Bescheed. Bist 'ne dufte Puppe. Aba wenn ick den in de Finga kriech …«

Was dann?

»Ick weeß im Oogenblick ooch nich«, gibt Maxe zu. »Ick pass aba uff.«

»Ich auch«, sagt Millie.

»Ja, wir zwee beede«, sagt Maxe.

Papa lässt schon das Auto an. Sie müssen los. Geradeaus, links rum, rechts rum.

Papa fragt: »Na, Millie, hast du schon wieder einen neuen Kavalier?«

Halt bloß die Klappe, Papa. Was kann sie denn dafür, dass die ganze Welt voller Jungs ist?

Zur Abwechslung will sie im Gespensterhotel heute lieber mal mit Kucki telefonieren.

»Um halb acht?«, fragt Mama. »Das ist doch deine Zeit mit Jocko.«

»Mir egal, dann ist eben besetzt«, sagt Millie. »Gib mal das Handy her, Papa. Kucki ist doch meine beste Freundin.«

Kuckis Telefonnummer muss Millie erst aus ihrem Adressbüchlein raussuchen. Sie telefonieren nicht oft miteinander. Sie sehen sich ja so gut wie immer.

»Denk an die Vorwahl«, sagt Mama.

Ja, das hätte Millie glatt vergessen.

Rrring, rrring, rrring.

Komm schon, Kucki, komm schon.

»Hallo?« Zum Glück ist Kucki gleich dran.

»Kucki? Ich bin's. Das hättest du nicht gedacht, was?«

Nee, das hätte Kucki wirklich nicht gedacht. Sie müssen sich vor Freude erst einmal kaputtlachen. Das reicht schon mal fürs Erste.

Viel zu erzählen hat Millie nicht. Nur das Wichtigste von Berlin.

Das Wichtigste von Berlin ist natürlich Maxe.

»Der ist echt knorke«, sagt Millie.

»Der ist … was?«, brüllt Kucki.

»Knorke«, sagt Millie. »Vastehste mir nich?«

»Nee, ich versteh dich nicht«, sagt Kucki.

»Dann hast du mich doch verstanden«, sagt Millie. »Das ist Berlinerisch.«

»Ist das Ausländisch oder was? Ist das falsch? Dann wird Frau Heimchen aber schimpfen!«

»Ach wat, ejal!«

»Ich lach mich tot«, ruft Kucki am Ende der Leitung.

»Ick ooch«, meint Millie.

Mama zeigt nun mit dem Zeigefinger auf die Uhr. Sie müssen Schluss machen. Kurz vor acht! Bärenmenü!

Das Essen gibt es im dritten Stock. Man muss dem Fahrstuhl sagen, dass man ins Restaurant will. Eine Drei auf den Schalter tippen. Der Fahrstuhl kann ja lesen.

Sie haben sich alle ein bisschen fein gemacht. Das heißt, Papa hat sich ein frisches Hemd angezogen, Mama die Bluse mit den Tiger-streifen. Millie und Trudel haben sich die Hände waschen müssen. Ja, und saubere T-Shirts haben sie auch an. Im dritten Stock ist wieder mal kein Mensch zu sehen. Vielleicht wird es deshalb auch kein Bären-menü, sondern ein Geistermenü geben. Alles ist durchsichtig, auch das Essen, man muss so tun, als wäre es vorhanden, aber in Wirklichkeit ist alles nur Luft.

Zum Restaurant müssen sie weit laufen. Durch die ganze Marmorhalle hindurch. Dort stehen wieder einsame rote Sessel herum. Millie würde sich nie draufsetzen. Falls sich dort ein Gespenst niedergelassen hat. Was dann?

Ah. Da vorne ist das Restaurant. Es sieht
ziemlich ungemütlich aus. Und sehr, sehr
geisterhaft. Es gibt nämlich keine Farben im
ganzen Restaurant. Alles ist weiß. Auf den
vielen Tischen liegen weiße Tischtücher und
weiße Servietten.
Sogar die Stühle tragen weiße Hochzeits-
kleider, die reichen bis auf den Boden und
haben hinten am Stuhlpopo riesengroße
weiße Schleifen. In den Vasen stehen weiße
Blumen. Wo wollen sie denn sitzen?
Mama zeigt in die linke Ecke.
Oder dort?
Papa weist nach rechts.
Sie haben freie Auswahl.
Trudel ist schon vorgehopst. Sie hat sich für
die linke Ecke entschieden. Trudel hat auch
keinen Respekt vor den weißen Stühlen mit
den festlichen Kleidern. Sie klettert einfach
hinauf. Mit der Sohle ihrer Sandale berührt
sie sogar den Schoß von dem Hochzeitskleid.
Wenn das ein Geist sehen würde!
Aha, jetzt kommt einer angeschlichen. Er
trägt einen schwarzen Anzug, ein weißes
Hemd und eine weiße Fliege. Das ist keine

Fliegenfliege, sondern eine Krawattenfliege. Die Fliege ist so was wie ein Schlips. Schlips mit Schleife.

Der Fliegengeist spricht sehr leise. Da müssen Mama und Papa auch leise sprechen. »Wir hätten gerne unsere Bärenmenüs«, flüstert Mama. »Und vorher vielleicht noch einen Aperitif?«, fragt der Fliegengeist mit gesenktem Kopf. Er versteckt seinen rechten Arm hinter dem Rücken. Vielleicht hat er dreckige Fingernägel. Oder eine dicke Warze. Millie wird mal drauf achten.

Mama stört sie mitten in ihren Gedanken. »Was möchtest du trinken, Schätzchen?«, fragt Mama.

Wie? Was? Ja, was war das denn noch, was der Fliegengeist angeboten hat? Einen Affen-Sheriff? Was ist denn das?

»Für die Herrschaften vielleicht einen Prosecco?«

Papa überlegt laut, ob er Berliner Weiße mit Schuss trinken sollte. Oh ja, das hört sich toll

an, aber Mama pikst Papa ihren Zeigefinger
in seine Killikilli-Seite. Er soll doch lieber das
Prost-Säckchen nehmen und nicht das Weiße
mit dem Schuss drin.

Es ist aufregend im Gespensterrestaurant. Für
Millie ist alles anders und neu. Und welchen
Affen-Sheriff soll sie mal nehmen?

»O-Saft«, schlägt Mama vor.

Ohhh-Saft? Ach ja, Apfelsinensaft.
Orangensaft. Da kann nichts schiefgehen. Da
ist kein Prost und kein Schuss drin.

Der Fliegengeist verschwindet auf leisen
Sohlen. Kurz darauf kommt er mit einem
Tablett in der Hand zurück. Es stehen vier
Getränke darauf. Zweimal Prost-Säckchen
und zweimal Ohhh-Saft. Weil er die Gläser
auf den Tisch stellen muss, zieht er seine
rechte Hand doch hinter dem Rücken hervor.
Millie guckt sie sich genau an. Nee, die
Fingernägel sind sauber, und eine Warze hat
er auch nicht.

»Und jetzt einmal Bärenmenü«, flüstert der
Fliegengeist.

»Als Vorspeise gegrillte Auberginenröllchen
mit Blattsalat und einem Schinkenparfaitreis,

143

dazu klare Rinderfondsuppe mit Schnittlauch-
dekoration sowie Röstibröckchen und als
Hauptgericht zarte Rinderfilets, gefüllte
Weinblätter, Zuckererbsen und Kroketten
mit Mandelstiften. Ein Preiselbeerhäubchen.
Das Bärenmenü. Und dann noch dreimal à la
carte?«

Millie hat atemlos zugehört. Sie weiß nicht,
ob man das Bärenmenü überhaupt essen
kann. Bergschienenröllchen mit Puffreis und
Schnabbellochbröckchen? Weinkruckis und
Preußenhäufchen? Millie ist gespannt. Aber
hat sie es richtig verstanden? Soll das nur für
einen von ihnen sein und für die anderen
bloß Tralala geben?

Nee, Blödmann, viermal Bärenmenü und nix
Tralala. Papa, nun sag doch mal was!

Papa sagt: »Fängt das schon wieder an? Wir
haben doch für vier Personen gebucht und
nicht nur für eine.«

Tatsächlich, es fängt wieder von vorne an.
Mama muss in ihrer Handtasche wühlen
und den Computerzettel hervorziehen. Auf
dem steht doch, dass sie für vier Personen
ein Bärenschnäppchen gebucht haben. Der

Fliegengeist hat seine Pfote wieder hinter
dem Rücken versteckt und hält den Kopf
schief.
Kannst du nicht lesen, Fliegengeist?
»Alles in Ordnung?«, fragt Papa.
Der Fliegengeist nickt und verschwindet.
Papa und Mama nippen an ihrem Prost-
Säckchen, und Millie und die kleine
Schwester schlürfen den Ohhh-Saft. Ohhh, ist
der ohhh!
Draußen haben sich schon wieder dunkle
Wolken über Berlin gelegt. Man kann deshalb
aber gut sehen, wie in Berlin allmählich das
Licht angeht. Und dort, ganz hinten, da
vorne, Papa, Mama, guckt doch mal hin,
da sieht man auch den Futsch-Pyjama, die
Windmühlensegel vom Sonnen-Zentrum.
Sie leuchten blau, sie leuchten rot. Oder ist
es etwa lila? Dann wäre es ja Millies Lieblings-
farbe.
Huch. Fast hätte Millie sich erschreckt.
Warum muss der Fliegengeist aber auch so
rumschleichen!
»Tut mir leid«, sagt er. »Ich habe mich
vertan. Das Menü besteht nicht aus Rinder-

filet, sondern es ist ein Pouletgericht mit einem Kartoffel-Hirse-Tomaten-Gratin. Wäre das in Ordnung?«

Mama und Papa zucken gleichzeitig mit den Achseln. Sie wissen nicht, ob es in Ordnung ist.

»Ein Pouletgericht?« Sie schauen sich fragend an. »Huhn?«

Millie findet aber Kartoffeln und Tomaten besser als Erbsennuss und Krokodilhäufchen. Oder wie war das nochmal? Nur das mit dem Pullerhuhn – da weiß sie noch nicht, was sie davon halten soll. Ach, wird schon gut gehen. Es ist ja kein Bär, den würde sie niemals essen. Es ist ja nur ein Bärenmenü.

Den Ohhh-Saft haben Millie und Trudel schon ausgetrunken, bevor das Pullerhuhn auf den Tisch kommt. Deshalb brauchen sie beide noch ein zweites Glas. Ohhh-Saft ist lecker. Man wird davon schon fast satt genug.

Das Pullerhuhn sieht vielleicht aus! So dicke Bellos mit Fäden drin und Knochen und Hühnerhaut. Haut hat Millie noch nie im Leben gemocht. Nicht auf Kakao und nicht

auf Huhn. Und besonders dann nicht,
wenn die Haut schwabbelig ist. Und alles
andere, was der Fliegengeist neben das Pullerhuhn auf den Teller geklatscht hat, ist auch
Pups. Es sieht überhaupt nicht schön aus.
Millie kommt ein noch schlimmeres Wort
in den Kopf. Das darf sie aber nicht sagen.
Schade.
Millie kann eigentlich schon prima mit
Messer und Gabel umgehen. Aber heute
gelingt es ihr nicht. Sie schafft es noch nicht
einmal, in die Bellos reinzustechen. Die
Gabel rutscht ab und knallt in das Tomaten-
gepatsche. Einige Spritzer fliegen hoch und
runter. Hoch in die Luft und runter auf die
weiße Tischdecke. Na, da kommt wenigstens
Farbe auf den Tisch!
Millie stochert auf ihrem Teller herum, und
dann sieht sie, dass auch
Trudel die Stückchen vom
Pullerhuhn, die Mama ihr
klein geschnitten hat, nur
auf dem Teller hin und her
schiebt. Millie legt Messer
und Gabel zur Seite.

»Ich bin schon satt«, sagt sie. »Ich mag kein Blatt.«

Trudel denkt, Millie erzählt ein Märchen. Sie lacht. Sie sagt: »Mäh.«

Das sagt sie immer an dieser Stelle vom Märchen.

Mama grinst. Sie fragt aber: »Wovon bist du denn schon satt geworden, mein Schätzchen? Du hast doch noch gar nichts gegessen.«

»Ich hab so viel Ohhh-Saft getrunken, Mamilein, ohhh.«

Papa und Mama bemühen sich, ihr Puller-huhn kleinzukriegen. Sie schaffen es jedoch nicht, das Menü aufzuessen. Auch sie legen Messer und Gabel zur Seite, bevor die Teller leer sind.

Der Fliegengeist räumt ab.

»War's recht?«, fragt er.

»Ja«, sagen Papa und Mama wie aus einem Mund.

Aber das ist gelogen, Papa!

Mama! Das ist gelogen!

Dürfen Eltern denn so lügen?

Silbermann und Käsehaus

Am nächsten Morgen, gleich nach dem
Frühstück bei Maxe, geht es wieder los.
Berlin ist so groß, dass man das ganze Leben
dort verbringen müsste, um alles zu sehen.
Aber das geht nicht! Millie muss am Montag
doch wieder zur Schule! Heute nehmen sie
einen Hoppel-rein-hoppel-raus-Bus, einen
Doppeldecker mit oben ohne. So ein Ding
kennt Millie schon aus New York. Das haben
sich die Berliner dort abgeguckt.
Man kann in den Bus einsteigen, wo man
will. Der hält an fast jeder Ecke. Wenn man
eine interessante Sehenswürdigkeit entdeckt
hat, steigt man wieder aus. Und wenn man
die Nase voll davon hat, fährt man einfach
mit dem nächsten Bus weiter. So geht das.
Das Ein- und Aussteigen macht den größten
Spaß.
»Was ist denn heute wichtig, Mama?«

»Hm. Ich glaube, wir kommen zuerst am Brandenburger Tor vorbei.«

Aussteigen! Hopp, hopp, hopp.

Am Brandenburger Tor braucht man nicht auf Autos zu achten. Es ist ein Fußgänger-Tor. Aber Millie ist überall vorsichtig. Das hat sie inzwischen gelernt. Immer Augen aufhalten! Man kann am Fußgänger-Tor prima spazieren gehen. Mittendurch und rundherum. Es besteht nämlich nur aus Säulen. Wenn man druntersteht, kann man aber nicht sehen, wie es darüber aussieht. Über den Säulen ist das Tor zugebaut. Und da obendrauf steht eine Flügeltante, wieder so eine Else. Wie auf der Siegessäule. Diese hier ist aber mit ihrer Pferdekutsche unterwegs.

Der Flügeltante ist wohl ein wenig übel geworden, sie sieht ziemlich grün aus. Kein Wunder, so hoch oben kann einem doch richtig schwindelig werden. Oder ihr Pferdewagen ist zu schnell rumkutschiert, und nun ist der Else schlecht.

Au Backe.

Besser, Millie geht ein paar Schritte zur Seite. Falls der Else noch kotzübel wird.

Auf dem freien Platz vor dem Tor steht ein
Silbermann. Ist er ein Denkmal, oder ist er
echt?
Viele Leute gucken ihn an. Er ist interessanter
als das Brandenburger Tor. Millie und Trudel
hüpfen hinüber. Millie ist neugierig, und
Trudel macht Millie immer alles nach.
»Herrgott nochmal«, sagt Papa.
Aber man muss doch gucken, was da los ist,
Papa! Vielleicht passiert gleich was.

Vor dem Silbermann steht ein Schild. Darauf
steht: *Mensch oder Maschine.*
Der Silbermann steht mucksmäuschenstill
auf einem Hocker und rührt sich nicht. Er
ist bestimmt nur eine Statue. Oder eine
Maschine. Millie geht nah ran. Vielleicht
mogelt er ja auch. Wenn sich seine Brust hebt
und senkt, dann ist er ein Mensch. Millie
kann aber nichts erkennen. Der Silbermann
ist gut nachgemacht.
Sie sieht von unten in sein Gesicht. Da sind
seine Augen. Die könnten sogar echt sein.
Man weiß ja nie.
Wie Millie so steht und starrt, bewegt der
Silbermann plötzlich seine Arme. Zack, geht
der rechte Arm hoch, zack, der linke Arm.
Dann beugt sich der Mann vor, aber nicht wie
lebendig. Lebendig ist wie aus Gummi. Der
Silbermann bewegt sich ruckartig. Also ist er
doch eine Maschine. Trudel weiß auch nicht,
was sie von dem Mann halten soll. Sie schaut
Millie an. Ihr ist schon langweilig geworden.
Weil nichts passiert.
Ach, jetzt hat Millie eine gute Idee. Vor
dem Silbermann steht eine Dose. Da werfen

die Leute Geld hinein. Wenn viele Münzen
hineinfliegen, macht der Mann eine eckige
Bewegung. Er kann also erkennen, wann es
Zeit ist, danke schön zu sagen. Ach, er kann
ja nicht sprechen, deshalb verbeugt er sich
nur. Vielleicht gibt es einen Draht in ihm. Ja,
jetzt hat Millie es rausgefunden. Der Silbermann ist ein Roboter. Dann können sie ihn
ruhig ein wenig ärgern.
Millies gute Idee hat mit der Dose vor
seinen Füßen zu tun. Man müsste dem Silbermann ein bisschen Geld klauen. Das wäre
gemein. Kein Mensch mag das. Wenn einem
das passiert, dann weint man, oder man
schreit, oder man rennt los, um den Dieb
zu fassen. Das hat Millie alles in Berlin
erlebt.
Millie weiß, dass man nicht klauen darf. Mama
und Papa haben ihr das richtig beigebracht.
Aber Trudelchen kapiert noch nicht, was
erlaubt und was verboten ist. Und sie tut, was
Millie will.
Millie will, dass Trudel etwas Geld aus der
Dose nimmt. Nur so zum Spaß. Sie wird es
hinterher wieder zurücklegen, ganz bestimmt.

Hinterher ist, wenn Millie weiß, ob der Silbermann Mensch oder Maschine ist.

Millie muss Trudel etwas anschubsen, damit sie losläuft.

Wahrscheinlich ist ihr ein wenig mulmig zumute. Trudel hat so was noch nie getan. Mensch, Trudel, Millie doch auch nicht!

Trudel läuft voran. Sie schaut dabei die ganze Zeit den Silbermann an. Keine Bange, er ist doch nur eine Maschine, Trudelchen!

Millie will natürlich, dass was passiert, aber es passiert anders, als sie gedacht hat. Trudel kommt gar nicht dazu, Geld aus der Dose zu nehmen. Sie achtet nämlich nicht auf den Weg, weil sie die ganze Zeit den Silbermann anguckt. Da stolpert sie über die Büchse. Klingelingeling, klingelingeling, die Dose kippt um, und das ganze Geld rollt auf den Platz, all die roten und silbernen und goldenen Münzen. Auf den schönen, freien Platz vor dem Brandenburger Tor. Klingelingeling, klingelingeling.

Das ist selbst für den Silbermann zu viel. Endlich fängt er an zu atmen. Er schnappt richtiggehend nach Luft, er macht einen

lauten Schnaufer. Und mit seinen Armen
fängt er an, in der Luft herumzufuchteln. Mit
Armen, die wie aus Gummi sind.
Schon erwischt, Silbermann! Du bist gar
keine Maschine, du bist ein Mensch.
Mama und Papa kommen angerannt. Zuerst
schauen sie nach, ob Trudel was passiert ist.
Nee, kleine Kinder sind doch auch wie aus
Gummi. Und Trudel ist gar nicht richtig
hingeknallt.
Dann heben Mama und Papa die Münzen
auf und werfen sie wieder in die Geldbüchse.
Dass nichts verloren geht!
Der Silbermann steht wieder still auf seinem
Hocker. Nicht mal *danke schön* kann er sagen.
Er macht auch keine Verbeugung. Er macht
nur böse Augen.
Auch Papa macht böse Augen. Aber er weiß
ja nicht, mit wem er eigentlich böse sein soll,
mit Millie oder mit Trudel. Er war ja viel
zu weit weg, um zu merken, dass extra was
passieren sollte. Extra-Sachen kann nur Millie
erfinden.
Ob sie jetzt wieder den Bus zur nächsten
Haltestelle nehmen werden?

Nee, zum Reichstag kann man
hinmarschieren.

Der Reichstag hat nix mit Reis zu tun, wie
Millie zuerst gedacht hat.

Mama sagt: »Der Reichstag ist das Parlament,
und die Parlamentarier tagen dort jeden Tag
und machen Politik.«

Baller… was? Ballermänner?

Der Reichstag ist ein großes, altes Schloss mit
Säulen davor und einer riesigen Glasglocke
darüber. So einer Käseglocke. Die Leute,
die heute den Reichstag von innen sehen
wollen, bilden noch keine Schlange, nur ein
Schlängchen. Es ist ja noch früh am Morgen.
Die vielen Leute kommen nachmittags.
Deshalb gehen Mama, Papa, Millie und
Trudel auch hinein. Gleich hinauf in die
Käseglocke.

Dort gibt es eine breite Wendeltreppe ohne
Stufen. Also ist es keine Treppe, sondern ein
dicker Spiralwurm. Unten auf dem Boden
von der Glocke sitzen die Ballermänner auf
blauen Stühlen und hören zu, was einer vorne
quatscht. Man könnte den Ballermännern
vom Spiralwurm aus auf die Köpfe spucken.

Könnte! Aber es geht nicht. Denn in der Käseglocke gibt es noch eine Mohrrübe aus Glas.
Die Ballermänner sitzen unten in der Mohrrübe. Sie sind geschützt. Falls doch einer auf
die Idee kommen sollte, ihnen auf die Köpfe
zu spucken.
Die Ballermänner hocken in ihrem Glaskäfig
wie die Orang-Utans im Zoo. Man kann
ihnen Grimassen schneiden oder winke, winke
machen, aber das ist den Ballermännern egal,
sie schauen nicht mal zu Millie hinauf.
Hoch oben, vom Dach des Reichstages aus,
kann man ganz Berlin sehen.
Oh!
Berlin sieht anders aus als Paris und auch
anders als Rom. Paris hat einen Eiffelturm
und Rom den Petersdom. Aber ansonsten
ist Berlin wie andere Hauptstädte auch nach
allen Seiten hin ziemlich breit ausgerollt. Wie
ein Streuselkuchenteig.
So, jetzt reicht's, nun kann man auf dem
Spiralwurm ganz gemütlich runterlatschen.
Millie und Trudel machen extra viel
Geplatsche mit ihren Sandalen. Damit's ein
bisschen mehr Spaß macht.

Kaum sind sie wieder draußen, sieht man schon die nächste Sehenswürdigkeit. Das Kanzlerhaus.

»Was? Das Ding mit den vielen Löchern? Der Käse dahinten?«

Ach, so ist das. Dann sitzen die Ballermänner unter der Käseglocke und der Kanzler im Käsehaus.

Das Haus hat ja nur Löcher, Luftlöcher, da kann doch gar keiner drin sitzen.

»Millie! Das sind die Fenster.«

Nee, stimmt nicht, man kann nur Himmel sehen. Vorne Himmel, hinten Himmel, und obendrüber ist auch Himmel. Und wenn das keine Luftlöcher sind, dann sind es eben Käselöcher.

Millie weiß, was ein Kanzler ist. Er spricht immer die wichtigen Nachrichten im Fernsehen. Er ist ein Regierungskönig oder ein Käsekönig. Aber er ist kein Preußen-könig!

Vor dem Käsehaus haben sie eine tote Schweinehaut aufgehängt. Armes Schwein! Die Haut ist an den Ohren, den Eisbeinen und dem Kringelschwänzchen zum Trocknen

aufgehängt. Was soll das wohl bedeuten?
Keine Ahnung!
Und vor der toten Schweinehaut liegt eine
Wiese. Zwischen den Grasflächen befinden
sich lange Wege aus Steinplatten. Daraus
wachsen viele kleine, hübsche Springbrunnen.
Tausend Wasserstrahlen, die spritzen von
unten, wo die Steine liegen, aus lauter
Nuckelflaschen. Die Kanzlerbrunnen gibt es,
damit die vielen Leute, die sich das Käsehaus
angucken, was zu trinken haben.
Mama und Papa setzen sich auf eine Bank
am Rande von der Kanzlerwiese. Millie und
Trudel wollen sich lieber die Spritzebrunnen
aus der Nähe angucken.
»Aber nicht trinken!«, mahnt Papa.
»Warum denn nicht?«
»Es ist bestimmt kein Trinkwasser«, sagt
Papa.
Och, schade.
Aber die Hände dürfen sie sich doch wohl
waschen, häh?
Wenn man sich vor den Springbrunnen auf
die Steine hockt, denkt man, die Spritze-
strahlen bilden eine Wasserwand.

Durch diese Wand können Mama und Papa einen nicht mehr sehen.

Millie zieht sich die Schuhe aus. Geht ganz leicht. Sind ja nur die Sandalen. Trudel streift sich ihre Schühchen ebenfalls ab. Und die Söckchen.

Au ja.

Jetzt kann man die Zehen in das Wasser halten. Millie probiert mal aus, ob sie es schafft, dass die Springbrunnen aufhören zu spritzen. Man muss nur mit dem großen Zeh die Nuckelflasche unten treffen. Huch, das kitzelt vielleicht. Und wie das Wasser dann nach allen Seiten spritzt! Die kleine Schwester ist schon ganz nass.

Au Backe.

Es macht Trudel aber großen Spaß. Sie juchzt und quietscht wie ein Quiekeschweinchen. »Pissepasse«, jubelt sie. »Pissepasse.«

Gell, da freust du dich, Trudelchen.

Die kleine Schwester versucht nun auch, mit ihrem großen Zeh das Loch in der Nuckel-flasche zu treffen. Aber ihr Zeh ist zu klein, ihr Fuß ist klein, die ganze Trudel ist noch klein. Sie rutscht nach vorne und wird noch

nasser. Pitschepatschenass. Macht nichts. Die
Sonne scheint, und es ist so schön wie im
Schwimmbad.

Plötzlich ist Trudel ganz still geworden. Sie
guckt Millie schräg von unten an. Hat sie was
angestellt?

Trudel sieht aus, als würde sie sich schämen.
Braucht sie doch nicht. Millie ist auch schon
quatschnass. Da müssen sie eben wieder ins
Gespensterhotel fahren und neue Sachen
anziehen.

Aber Trudel guckt nicht so komisch wegen
der nassen Klamotten. Das weiß Millie im
nächsten Augenblick. Es riecht nämlich mit
einem Mal so süßlich. An was erinnert Millie
das denn?

Oha. Sie hätte es wissen müssen! Trudel ist ja
wirklich noch fast ein Baby. Wenn sie Wasser
rauschen hört, dann passiert es eben.

Was denn?

Na, Trudel hat in den Kanzlerbrunnen
gepischt.

Hach. Ist nicht so schlimm. Es ist ja sowieso
kein Trinkwasser. Hat Papa gesagt!

Mama kriegt einen gehörigen Schock, als

sie Millie und Trudel jetzt ankommen sieht.
Millie kann sich denken, wie sie aussehen.
Wie zwei abgesoffene Mäuschen!
Bevor Mama noch loslegen kann, sagt die
kleine Schwester:
»Tudelpassemach.«
Und wegen Spaß darf Mama nicht böse sein.
Das ist die Hauptsache.
Papa stöhnt. Das hilft jetzt aber nicht weiter.
Mama kann helfen. Sie hat doch immer
trockene Sachen für Trudel dabei. Falls was
passiert!
Und was ist mit Millie?
Nichts ist mit Millie. Die wird nämlich von
selber trocknen. Denn die Sonne scheint
heute über Berlin. Auch über dem Käsehaus.
Keiner drin, Mama, guck mal, nur Löcher zu
sehen.

In der Schnatterie

Am besten fahren sie jetzt ein Weilchen mit
dem offenen Bus durch die Stadt, damit
der warme Wind Millie und Trudel tüchtig
durchpusten kann. Man kann sie ja nicht wie
die arme Schweinehaut an einer Wäscheleine
zum Trocknen aufhängen.
»Ich will unbedingt am Checkpoint Charlie
aussteigen«, sagt Papa. »Da hat sich Weltgeschichte ereignet.«
Weltgeschichte?
Erzähl mal, Papa.
Millie kann die Geschichte nicht richtig
verstehen. Aber natürlich steigen sie alle mit
Papa aus und gucken sich die Straße und die
Gegend an. Es gibt eine olle Mauer mit lauter
Krikelkrakel drauf.
»Guck mal, Millie. Das ist die Mauer, die
früher durch Berlin verlief.«
Ach, *die* Mauer.

Das Gekrikel und Gekrakel ist oben zu sehen.
Wo man nicht hinkommt. Unten ist die
Mauer abgekaut.
»Von den Mauerspechten«, sagt Papa.
Häh?
Die Mauerspechte sind Leute, die sich von
der Mauer ein Stückchen als Andenken
abschlagen, aha. Auf einem Mauerstück ist
eine nackte Frau zu sehen. Sie hat keinen
Kopf, aber einen Mordsbusen. Daran sieht
man, dass sie eine Frau ist. Papa erklärt,
dass Berlin einmal durch die Mauer in zwei
Stücke geteilt war. Die Hälfte der Berliner
wohnte hier, vor Tschakbumm Charlie,
und die andere Hälfte wohnte dort, hinter
Tschakbumm Charlie.
»Und warum, Papa? Haben sie sich nicht
vertragen?«
Ja, so war es. Oder so ungefähr.
»Es ist so, als würdest du dich immer mit
Trudel zanken«, meint Papa.
»Tun wir auch«, sagt Millie.
»Was?« Papa runzelt heftig die Stirn.
»Nur manchmal«, sagt Millie und guckt etwas
schuldbewusst.

»Du musst dir das so vorstellen, dass jede von euch in ihrer Ecke bleiben muss.«

»Und du bist dann der Tschakbumm Charlie, Papa?«

»Na ja, vielleicht. Ihr müsstet mich immer fragen, ob ihr hinüber- oder herüberdürft. Hast du das verstanden?«

»Ja, Charlie.«

Tschakbumm Charlie ist aber kein Mensch, sondern eine kleine Bretterbude. Davor sind Säcke mit Sand gestapelt. Obenauf und vor den Säcken liegen haufenweise Blumensträuße. Das ist eine komische Sehenswürdigkeit.

»Die Blumen legen Leute zur Erinnerung an schlechtere Zeiten hin«, sagt Papa. »Als man damals nicht so einfach wie jetzt hinüber- und herüberspazieren konnte.«

»Det langt mir aba«, sagt Millie. Sie zieht Papa an der Hand von der Bretterbude weg.

Wo bleibt denn der Oben-ohne-Bus?

Da zuckelt er heran. Hoffentlich ist auf Deck noch genug Platz für sie.

Ja, prima, prima. Die Aussicht ist so schön! Oh, guck mal, Trudel. Die beiden braunen

Dackelhundchen hier, sind die nicht nett? Ob
man die ohne weiteres anfassen kann?
Trudel hat sich auch gleich in die Hundchen
verknallt. Sie fummelt ihre letzten Brot-
krumen aus der Hosentasche und wirft sie den
Dackeln vor die Pfoten. Die schnuppern dran,
aber sie scheinen keinen Hunger zu haben.
Vielleicht haben sie Durst? Dann sollten sie
machen, dass sie zur Kanzlerwiese kommen,
da gibt es genug zu trinken.
Oh, Millie kommen jetzt wieder viele Fragen
in den Kopf.
Mögen Hunde eigentlich Mineralwasser?
Müssen sie dann auch Bäuerchen machen?
Würden Hunde gern mal Cola trinken?
Sie kann die Dackelhundchen nicht fragen.
Und außerdem stupst Mama Millie in die
Seite, weil sie sich nicht die Hunde, sondern
die schnurgerade Prachtstraße, auf der sie
nun kutschieren, anschauen soll. Die Straße
heißt *Unter den Linden*. Deshalb werden
die Bäume, unter denen sie hindurchfahren,
sicherlich Linden sein. Die langen Zweige
reichen weit hinunter. Sie berühren fast die
Köpfe der Leute im Bus.

Linden? Oh, dann haben sie bestimmt auch Nasenaufkleber an ihren Ästen.

Richtig!

»Falsch, Millie«, sagt Mama. »Das sind keine Nasenaufkleber. Die sehen nur so ähnlich aus.«

Millie bleibt dabei: »Guck mal, Trudel! Lauter Nasenaufkleber! Willst du auch einen Nasenaufkleber haben?«

»Tudelkeberham«, sagt Trudel.

Hast du das gehört, Papa? Reiß mal einen Zweig ab!

Hat Papa keine Ohren?

Millie steht auf. Der Bus fährt gerade um die Ecke. Ohhh, ganz schön wackelig ist das. *Wilhelmstraße* kündigt der Buslautsprecher an. Hier gibt's leider nur mickrige Bäumchen.

»Setz dich, Millie«, sagt Mama. »Wenn der Bus plötzlich hält, passiert noch was.«

»Ich will aber einen Nasenaufkleber«, sagt Millie.

»Setz dich!«

»Ich will aber einen Nasenaufkleber!«

»Millie!«

»Trudel auch«, mault Millie, aber sie muss
gehorchen, denn sonst gibt's gleich Theater.
Schon fährt der Bus wieder um die Ecke.
Huch, hier gibt's ja noch viel schönere Nasen-
aufkleber. Heißt die Straße vielleicht Nasen-
aufkleber-Straße?
Nein, sie heißt Dorotheenstraße.
»Mama! Guck doch mal!«
»Ja, jetzt hast du recht. Das sind
Ahornbäume. Aber setz dich endlich hin.
Sonst passiert noch was.«
Manno.
Da hält der Bus.
Mama schnappt sich Millie und Papa Trudel,
und hoppel, hoppel, hoppel geht's runter und
raus.
Als der Bus wieder anfährt, reißt er doch fast
einen Zweig vom Lindenbaum ab, nee, vom
Ahornbaum, der mit den vielen schönen
Nasenaufklebern dran.
Der Zweig ist abgeknickt und hängt tief.
Millie springt hoch. Sie muss die Nasen-
aufkleber selber holen, denn Mama ist für
solchen Unsinn nicht zu haben. Papa sowieso
nicht.

Millie verfehlt den Ast.
Gar nicht so einfach, aus dem
Stand hochzuspringen.
Noch einmal.
Hopp!
»Millie!«
Papa und Mama
haben aber auch gar
kein Verständnis für
Kinder. Sie stehen
etwas abseits und
warten darauf, dass Millie
aufhört, Dummheiten zu machen. Millie muss
wenigstens noch einmal versuchen, den Zweig
zu erhaschen.
Hopp!
Da! Sie hat ihn. Sie hält ihn fest, er löst sich
vom Baum, es knackt ein wenig, und schon
landet Millie wieder auf dem Boden.
Leider landet sie unsanft. Sie knallt hin. Hat
ja nur eine Hand frei gehabt zum Abstützen.
Aua, aua.
Mama kommt sofort angerannt.
»Hast du dir wehgetan?«
Na klar. Und wie!

Mama denkt, dass Millie sich den Arm
gebrochen hat.
Nee, Mama, nur der Finger tut weh, der
klitzekleine Finger an der linken Hand. Die
linke Hand ist Millies dumme Hand. Mit
der rechten Hand musste sie ja den Nasen-
aufkleber-Zweig festhalten. Sie hat ihn immer
noch!
»Na, lass mal sehen«, sagt Papa und beugt
sich über Millie. Sie hält Papa den Zweig hin.
Aber das hat Papa gar nicht gemeint. Ihn
interessiert nur Millies Finger.
O ja, der sieht schlimm aus. Das ist ja zum
Heulen.
Also heult Millie ein bisschen.
Es blutet sogar. Aua, aua. Sie blutet wie ein
Schwein!
Nicht anfassen, Papa!
An einer Stelle hat sich die Haut gelöst.
Das sieht aus wie von einem Messer
eingeschnitten. Millie ist schwer verletzt! Sie
muss noch ein bisschen mehr heulen. Es tut
so gut, getröstet zu werden. Und die Nasen-
aufkleber hat sie schließlich auch ergattert.
Mama müsste jetzt nur noch ein Pflaster

auftreiben. Guck doch mal in deiner Handtasche nach, Mama.

Aber Mama und Papa schauen sich zuerst einmal die Stelle auf dem Bürgersteig an, wo Millie hingeplumpst ist. Vielleicht ist sie dort auf diesen Hundehaufen gefallen. Das wäre gefährlich.

Millie hört auf zu weinen.

Wieso ist das gefährlich?

Mama und Papa überlegen laut.

Ob Millie gegen die Gefährlichkeit geimpft ist.

Ob Millie sich eine Blutvergiftung holen kann.

Ob der Finger doch gebrochen ist.

Hat Mama denn gegen die Gefährlichkeit nichts in ihrer Handtasche?

Millie fängt wieder schrecklich an zu weinen. Und Trudel heult mit. Sie ist eine nette Schwester.

Was kann man tun?

Lasst euch doch was einfallen, Mama! Papa! Aber schnell, dalli, dalli.

Mama wickelt zuerst einmal ganz viele Papiertaschentücher um Millies kaputten Finger.

Damit das hält, bindet sie noch aus einem
Stofftaschentuch eine riesige Ostereierschleife
drum herum.

Aua, aua.

Dann will Mama die Heulerei stoppen. Sie
weiß, wie das geht. Sie nimmt den Ahorn-
zweig und reißt ein paar Nasenaufkleber ab.
Trudel bekommt einen auf die Nase und
Millie zwei. Das hilft gegen die Tränen.

Papa winkt ein Taxi herbei.

»Am besten, Sie fahren uns zur Charité«,
sagt er. »Meine Tochter hat sich verletzt. Der
Finger muss bestimmt genäht werden. Und
am Samstag haben die Arztpraxen ja keine
Sprechstunde.«

Der Taxifahrer dreht sich zu Millie um. Er hat
Mitleid mit ihr.

»Da hamse dir janz scheen rumjebufft«, sagt
er. Schon wieder so eine Berliner Schnauze.

Leider fährt er viel zu schnell zur Schnatterie.
Millie hat ein ungutes Gefühl. Wenn sie
es richtig verstanden hat, gibt es in der
Schnatterie eine Näherei. Da möchte sie
eigentlich nicht hin. Guck doch mal, Papa,
Millie hat schon längst zu heulen aufgehört,

und Trudel ist auch still. Sie schaut andächtig auf Millies hochgehaltene Hand mit der Ostereierschleife.

Schon sind sie bei der Schnatterie angelangt. Es ist ein Krankenhaus. Aha. Aber wo ist die Näherei?

»Da wollen wir mal reingehen«, sagt Mama und zeigt auf eine große Tür.

Da wollen wir lieber nicht reingehen, denkt sich Millie.

Keine Chance!

In der Schnatterie gibt es ein Wartezimmer. Es ist wohl nur für Kinder, denn es ist sehr bunt eingerichtet. Das sieht fröhlich aus, gar nicht wie im Krankenhaus.

Obwohl es ein Kinderwartezimmer ist, sitzen viele Erwachsene dort. Klar. Kein Kind würde alleine in die Näherei vom Krankenhaus gehen. Einer muss dabei sein. Ein Großer, Papa oder Mama. Bei Millie sind beide dabei. Und Trudel.

Im Wartezimmer gibt es gelbe, orangefarbene, rote und blaue Stühle. Mama setzt sich auf einen gelben Stuhl, und Papa nimmt den roten. Millie sucht sich einen blauen aus.

Trudel möchte auch einen blauen Stuhl.
Das versteht Millie. Trudel will immer das,
was Millie hat. Aber der freie Stuhl neben
Millie ist leider nur orange. Der einzige freie
blaue Stuhl steht dort drüben an der anderen
Wand, wo viele fremde Leute sitzen. Trudel
guckt und guckt, aber sie traut sich nicht,
so weit weg zu gehen. Sie drängt sich nah
an Millie heran, drückt sich zwischen Millies
Beine.
So geht das aber nicht!
Trudel möchte am liebsten auch auf Millies
Stuhl hinauf. Sie schiebt und zwängt sich so,
dass Millie verrückt werden könnte. Sie darf
aber nicht schimpfen. Die Leute hier würden
denken, Millie ist böse zur kleinen Schwester.
Während Trudel sich abmüht, schaut sie
unentwegt die Leute gegenüber an. Alle, die
sich in der Nähe vom freien blauen Stuhl
befinden. Dann lässt ihr Geschiebe endlich
nach, und schließlich traut sie sich sogar,
hinüberzugehen und sich auf den blauen
Stuhl zu setzen. Da hat sie, was sie will. Millie
seufzt einmal tief und schüttelt den Kopf. So
wie Mama das immer macht, wenn sie ihre

Kinder nicht versteht. Millie hat zwar kapiert, was in Trudels Kopf vor sich ging, trotzdem hat die kleine Schwester genervt.

Hach, dauert das aber lange in der Schnatterie. Nur sitzen und denken – davon wird man noch ganz kribbelig.

Jetzt kommt ein kleiner Junge mit seinem Papa herein. Na, der heult vielleicht! Heulsusejunge!

Der Papa versucht ihn zu trösten. Das lässt der Junge sich aber nicht gefallen.

»Lass mich in Ruhe«, brüllt er.

Da lässt der Papa ihn in Ruhe. Das passt dem Heulsusejungen aber auch nicht.

»Aua, aua, aua«, jammert er. Jetzt will er wieder vom Papa bemuttert werden.

Die Leute im Wartezimmer lachen über den Jungen. Die großen Leute. Die Kinder lachen nicht, sie schauen ihn nur unverwandt an.

Was hat der Junge denn? Man kann nichts sehen. Wahrscheinlich hat er nur Bauchschmerzen. Das geht doch vorbei! Der Junge sieht schrecklich verheult aus. Dass die Leute sich über ihn amüsieren, geht ihm auf den Keks.

Er schreit los: »Was gibt's denn da zu lachen?«

Da lachen die Leute noch mehr. Millie muss auch grinsen. Sie schaut Mama verschämt von der Seite an.

Jetzt hat der Heulsusejunge den Maltisch entdeckt. Er hört auf zu heulen und geht schnurstracks darauf zu. Er malt zuerst mit einem braunen und dann mit einem grünen Stift.

Trudel ist neidisch geworden. Sie lässt sich vom Stuhl rutschen und läuft ebenfalls zu dem Tisch. Auf ein Blatt Papier malt sie Striche. Millie weiß, dass es Sonnenstrahlen sein sollen. Trudel malt immer Sonnen-strahlen. Viel mehr kann sie nicht. Na gut, noch die Mondgesichter.

Trudel malt die Sonnenstrahlen zuerst mit dem braunen Stift. Dann braucht sie den grünen. Den hat der Heulsusejunge aber in der Hand. Trudel grabscht nach dem Stift. Der Junge hält ihn fest. Trudel zieht. Der Junge zieht ebenfalls.

Wer wird gewinnen?

Alle im Wartezimmer sehen gespannt zu.

Hoffentlich mischt sich keiner ein, damit man weiß, wie die Sache ausgeht. Aber Papa öffnet schon den Mund, weil Trudel sich nicht gut benimmt. Bevor er jedoch was sagen kann, ist die Sache geklärt. Der Heulsusejunge ist ein bisschen stärker gewesen. Er hat gewonnen, und Trudel guckt blöd aus der Wäsche.

Der Junge legt den grünen Stift auf die Tischplatte. Der interessiert ihn nicht mehr. Er hält seine Zeichnung vor die Brust gepresst und sieht sich um. Ob er das Bild seinem Papa zeigen möchte?

Nein. Er will es Millie zeigen.

Neben Millie steht der freie orangefarbene Stuhl. Der Junge schiebt sich ganz leicht hinauf. Er ist schon älter als Trudel, aber noch jünger als Wölfchen. Er ist vielleicht vier Jahre alt.

Der Junge zeigt Millie das Bild. Seine Bauchschmerzen hat er vergessen.

Was hat der denn da gemalt? Der spinnt doch wohl.

Der Heulsusejunge hat eine Frau mit oben ohne gemalt. Mit Busen. Die Frau hat aber unten einen Pimmel hängen.

Das gibt's doch nicht! Denkt der Junge etwa,
dass alle Leute einen Pimmel haben?
Millie will das rauskriegen.
»Ist das eine Frau?«, fragt sie vorsichtig und
zeigt mit dem Finger auf die Zeichnung.
»Ja!«, sagt der Junge ein wenig ärgerlich, als
hätte Millie eine doofe Frage gestellt. »Siehst
du doch.«
Millie traut sich, mit dem Finger auf den
Pimmel zu zeigen. »Und das da?«, fragt sie.
»Hat das jeder?«
»Ja!«, sagt der Junge.
Mann, der glaubt das wirklich.
Soll Millie nun die Klappe halten?
Und soll der Junge weiterhin so dumm
bleiben?
Nee.
»Nein«, sagt Millie also. »Frauen haben nur
Busen.«
Der Junge guckt Millie erstaunt an. Dann hat
er es kapiert.
»Aha«, sagt er.
Sache geklärt. Und jetzt wird Millie
aufgerufen. Millie Heinemann.
Es ist Mist, dass Ärzte immer weiße Kittel

tragen. Man bekommt Angst. Und dicke
Brillen sehen auch bescheuert aus.
»Na?«, fragt der Brillenarzt.
Was will er denn wissen?
Schnell sagt Millie: »Ich will aber nicht in die
Näherei!«
»Ist der Finger denn noch dran?«, fragt der
Arzt.
Ja, kannst du nicht gucken? Und mach bloß
keinen Mist.
Der Brillenarzt wickelt die Ostereierschleife
behutsam ab.
»Oha«, sagt er.
Millie hält den Atem an. Muss sie nun
doch in die Näherei? Und was ist mit der
Gefährlichkeit?
Die bekommt der Brillenarzt in den Griff. Er
macht Millies Finger nämlich sehr sauber und
entfernt die Gefährlichkeit.
Hat gar nicht wehgetan!
Dann steckt der Arzt Millies
Finger in einen riesengroßen
Verband. Der kleine Finger ist
jetzt Millies großer Finger.
Der Verband geht über die

ganze halbe Hand. Und unten, am Handgelenk, bindet der Brillenarzt auch eine
riesengroße Ostereierschleife.
Mann, ist der nett!

Der Purzelbaum

Alles ist gut, als Millie mit der Riesenschleife
an der Hand wieder den Hoppel-rein-hoppel-
raus-Bus besteigt. Letzte Station für heute
soll der Wackelzahn sein. Da sieht Millie den
kaputten Turm von der Gedächtniskirche
auch nochmal von nahem. Warum hat denn
keiner den hohlen Zahn plombiert? Ach ja,
Papa hat es schon erklärt. Man soll kapieren,
dass kaputt machen kaputt sein für alle
Ewigkeit bedeuten kann.
Aber wenn sich Millie den Wackelzahn so
lange begucken muss, dann bricht ihr Hals
wirklich gleich ab.
Was gibt's denn hier sonst noch zu sehen?
Drüben, auf der anderen Seite des Platzes, ist
ein Brunnen. Mal hinlaufen.
Der Brunnen ist ein roter Wasserklops, unten
platt auf den Boden gehauen. Das Wasser
plätschert schön ein paar Stufen hinunter.

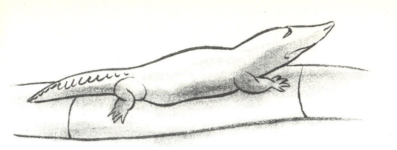

Millie hält die heile Hand in den Wasser-
fall. Aber Trudel traut sich nicht. Sie schaut
misstrauisch auf ein Krokodil, das auf dem
Brunnenrand liegt.
Das Krokodil tut so, als ob es schliefe. Es
hat sich aber verstellt. Das sieht man an den
listigen Augen. Wenn man ihm zu nahe
kommt, wird es zuschnappen. Es frisst kleine
Kinder.
»Vorsichtig, Trudel«, sagt Millie. »Geh mal
da weg.«
Das braucht Millie der Schwester nicht
zweimal zu sagen. Trudel bewegt sich
langsam rückwärts, behält das Krokodil aber
immer im Auge.
Mal sehen, wo Trudel noch landen wird.
»Noch weiter weg«, sagt Millie. »Noch
weiter.«

Schrittchen für Schrittchen zieht sich Trudel
zurück. Bis sie in einen glitschigen Hundehaufen getreten ist. Ja, hinten hat man keine
Augen!

Mama kriegt fast einen Schreikrampf.

Was regt sie sich denn so auf? Sie hat doch
massenhaft Papiertaschentücher in ihrer
Handtasche. Die sind doch dazu da, dass man
Hundeschitt abwischen kann. Ist doch kein
Problem.

Papa hebt Trudel hoch, und Mama reibt an
ihrer Schuhsohle herum.

Das war nun schon der dritte Hundehaufen
in Berlin.

»Millie!«, rufen Mama und Papa. Sie wollen
weitergehen.

Aber Millie ist mit dem Wasserklops noch
nicht ganz fertig. Sie muss die andere Seite
auch begucken. Sie patscht dem Krokodil
beim Vorbeilaufen auf den Kopf. Hier, guck
mal, Trudel, Millie hat keine Angst vor
Krokodilen!

Auf der anderen Seite vom Brunnen küssen
sich zwei Leute. Nicht richtige Menschen!
Die Leute, die sich am Brunnen küssen,

sind aus Stein. Sie haben ihre Schnuten fest
zusammengedrückt und kommen nicht mehr
los voneinander. Sie müssen sich ewig küssen.
Und untenrum sind sie zusammengewachsen.
Vielleicht hatte der Bildhauer keine Lust
mehr, die Beine zu meißeln. Feierabend,
hat er gedacht. Oder er wollte siamesische
Zwillinge machen. Das geht. Die gibt es
nämlich auch in Wirklichkeit.
Wo sind denn nun Mama und Papa
geblieben?
Ach, da drüben. Sie haben Trudel in die
Mitte genommen und spielen wieder *Eins,*
zwei, drei, hoch mit ihr.
Auf der anderen Straßenseite steht ein Palast.
Nicht, was man sich so denkt! Kein Schloss
oder so. *Zoopalast* steht dran. Schon wieder
Zoo, Zoo, Zoo!
Der Zoopalast ist aber kein Bahnhof, und er
hat auch nichts mit dem Tier-Zoo zu tun.
Der Palast ist ein Kino. Das ist interessant.
Welchen Film zeigen sie denn heute?
Harry Potter!
Mama, Papa, guckt doch mal. Harry Potter!
»Wir sind doch nicht nach Berlin gekommen,

um uns in einen dunklen Kinosaal zu setzen«, sagt Papa. »Heute ist kein Kinotag.«

Keine Chance.

Und was ist mit Zoo?

»Der Zoo liegt auf der anderen Seite«, erklärt Mama. »In der Nähe vom Tiergarten.«

Mama spinnt wohl. Ist das nicht dasselbe, Zoo und Tiergarten?

»Nee.« Oh, Manno, was ist Mama heute maulfaul.

»Da gehen wir aber jetzt mal hin.«

»Millie, wir sind doch schon so oft im Zoo gewesen!«, sagt Mama.

»Aber nicht in Berlin.«

»Die Affen sehen überall auf der Welt gleich aus.«

»Und welche Tiere gibt es denn im Tiergarten?«

»Gar keine«, sagt Papa. »Höchstens ein paar Ameisen. Der Tiergarten ist ein Park.«

Papa ist durch Millies Fragerei ebenfalls genervt, das hört man seiner Stimme an.

»Warum heißt denn der Tiergarten *Tiergarten*?«

Papa stöhnt auf.

»Früher gab es dort wohl Füchse und Hirsche und Wildschweine«, sagt er seufzend.
»Und jetzt nicht mehr?«
»Die hat der König alle totgeschossen.«
»Der Preußenkönig? Oder der Kuh-Fürst? Und warum denn?«
»Er ist im Tiergarten zur Jagd gegangen.«
»Hat er auch die Berliner Bären totgeschossen?«
»Keine Ahnung«, sagt Papa.
Aha, jetzt weiß Millie Bescheid. Wenn Mama und Papa *keine Ahnung* sagen, dann kommt nichts mehr. Dann ist Schluss. Berliner Bären sieht man aber in Berlin an jeder Ecke. Nicht nur die kleinen zum Kuscheln. Die Bären stehen sogar auf der Straße. Dann sind sie so groß wie Papa, aber dreimal so dick. Sie sind hübsch bunt und haben drollige runde Ohren. Millie hat einen schwarzweißen Bären entdeckt und einen rosahimmelblauen. Es gibt auch einen mit allen Farben auf dem Bauch, alle, die man sich denken kann, sogar Türkis ist dabei. Und es gibt einen Bären, der tanzt auf der Straße, mitten in Berlin. Der schönste Straßenbär ist aber einer, der

auf dem Kopf steht. Seine Ohren und seine Vorderpfoten berühren den Boden. Er trägt eine rote Uniform mit drei Reihen goldener Knöpfe. Die Uniform ist nicht echt, sondern nur aufgemalt. Der Bär hat eine dunkle, gestreifte Hose an. Aus der Hose schauen die nackten Pfoten heraus.

Trudel will sich den Bären auch genau ansehen. Sie findet ihn klasse, das merkt Millie sofort. Sie streckt sogar die Hand nach ihm aus.

Aber Trudel ist vorsichtig. Sie zieht ihre Hand wieder zurück und legt den Kopf auf die Seite. Sie denkt, so könnte sie den Bären richtig sehen. Aber so geht das nicht.

»Du musst dich auf den Kopf stellen«, rät Millie. Trudel guckt Millie fragend an.

»Ja, Trudelchen«, sagt Millie. »Du musst Kopfstand machen. Wie der Bär.«

Millie will Trudel nur auf den Arm nehmen. Ein bisschen Spaß machen. Aber Trudel versteht die Dinge meistens genau so, wie man sie sagt.

Sie versucht also, Kopfstand zu machen. Mitten in Berlin! Mitten auf der Straße!

Zu Hause turnen sie oft rum. Sie machen
Kopfstand und Handstand. Bei Trudel
klappt das nicht. Sie kann eigentlich nur
Purzelbaum.

Zu Hause haben sie aber auch Hüpfkissen
und Kopfkissen und Sofakissen und
Rumwerfkissen. Auf allen kann man prima
ausprobieren, ob man Kopfstand machen
kann, ohne sich wehzutun.

Trudel schafft natürlich keinen Kopfstand. Sie
hat zu viel Schwung. Ihr gelingt sofort ein
Purzelbaum. Mitten in Berlin! Mitten auf der
Straße!

Trudel tut sich weh. Ganz gehörig sogar.
Au Backe!

Mama und Papa sind nicht weit weg. Einen
Meter oder so.

Trudel heult in dem Moment los, als sie über
den Bürgersteig rollt und mit Po und Beinen
hart aufknallt. Millie hat augenblicklich ein
schlechtes Gewissen, ein seltsames Gefühl in
Hals und Brust.

Mama schnappt sich Trudel sofort, hebt sie
hoch und drückt sie an sich. Sie versucht sie
zu beruhigen und abzulenken.

»Guck dir mal den Bären an, Trudelchen. Schau mal, wie schön der aussieht.« Mama geht mit Millies kleiner Schwester ganz nah an den Bären heran.

Trudel streckt wieder ihre Hand aus.

»Bummibäh, Bummibäh«, sagt sie und hat zu heulen aufgehört. Nur ab und zu entweicht ihr noch so ein kleiner Schluchzer.

»Ja, Trudelchen, Brummibär, Brummibär, was für ein schöner Brummibär das ist.«

Nee. Mama versteht Trudel einfach nicht.

»Mami, du bist auch so ein Dummibär«, sagt Millie.

»Millie!«

Huch.

»Ich hab's nett gemeint, Mami, nicht, was du denkst.«

»Das hoffe ich«, sagt Mama.

»Und außerdem sagt Trudel immer Gummi-bär. Gummibär, Mama! Gell, Trudel?«

»Jaha.« Trudel schluchzt noch einmal auf.

»Bummibäh. Bummibäh.«

»Ist kein Gummibär, gibt keinen Gummibär«, sagt Papa und nimmt Trudel huckepack. Das muss er auch. Papa hat nämlich die

Kinderkarre zu Hause in der Garage
vergessen.
Du bist auch so ein Dummibär, Papa.
Aber das sagt Millie lieber nicht.

Bei den Kullergurken

Nachmittags, nachdem Trudel endlich genug
gepennt und Millie sich sehr gelangweilt hat,
drehen sie noch eine Runde durch Berlin.
Millie würde gerne U-Bahn fahren. Es ist
spannend, darauf zu warten, dass Papa oder
Mama die richtige Station verpassen.
Aber Papa hat heute nicht genug Muckis.
Er müsste Trudel ja die ganze Zeit
schleppen, weil er ihre Karre zu Hause
vergessen hat.
»Wohin fahren wir denn jetzt?«
»Nach Kreuzberg, zum Prenzlauer Berg und
nach Moabit«, schlägt Mama vor. »Nur zum
Schnuppern.«
Wieso? Ist die Luft dort anders?
Papa kurvt ordentlich herum. Überall dort,
wo Mama hinwill. Auf den Kreuzberg und auf
den Prinzläuseberg. Millie merkt nicht, dass es
Berge sind. Es ist gelogen. Es gibt nur Häuser

zu sehen. Ganz normale große Häuser, die wie
Dominosteine aneinandergeklebt sind.

Aber da vorne ist was Interessantes.

»Wat is'n det?«

»Das ist das Kittchen von Moabit«, sagt
Mama. Sie verbessert sich aber rasch. »Das
Gefängnis.«

Ja klar. Es sieht ein wenig unheimlich aus.
Diese hohen Mauern. Und obendrauf der
Stacheldraht. Man kann nicht über die
Mauern hinein ins Kittchen gucken. Und das
große Tor ist rammelbammel zu.

Millie würde zu gern mal sehen, wie es in
einem Gefängnis ausschaut. Da, wo die bösen
Räuber sitzen. Wenn Willi, der Kuchendieb,
nicht aufpasst, wird er hier noch landen. Das
müsste ihm mal einer sagen.

In Berlin kann man auch ein Schloss
besichtigen. Manche Schlösser sind wie
Kirchen. Man kann nicht auf Anhieb
erkennen, ob es ein Dom ist oder ein Schloss.
Wenn ein König lebt, dann wohnt er im
Schloss. Wenn er tot ist, wohnt er in der
Kirche.

Der König von Berlin hat oft seine Sachen

gepackt und ist in seiner Kutsche abgehauen.
Er hatte die Nase voll von Berlin.

»Wo ist er dann hingefahren?«

»Nach Potsdam«, erzählt Mama. »Da hat er
sich ein kleineres Schloss gebaut. Er nannte es
Sanssouci, das heißt *ohne Sorgen*.«

Millie weiß schon, dass sie morgen dorthin
fahren werden. Pottstadt ist nämlich der
Vorgarten von Berlin. Pottstadt liegt auf dem
Nachhauseweg.

Weil nur noch wenig Zeit für Berlin bleibt,
müssen sie sich beeilen. Schnell, schnell zu
Nofitätärätätä ins Ägyptische Museum.

Die Nofitätärätätä steckt in einem Glaskasten.
Und es gibt auch nur einen Kopf von ihr.

»Komischer Kopf«, sagt Millie und geht etwas
näher heran. »Oder ist das 'ne Mütze?«

»Es wird wohl eine Krone sein«, sagt Mama.

Hm. Sieht aber aus wie 'ne Papiermütze.
Ohne die könnte man vielleicht sehen, wie
die Nofitätärätätä in Wirklichkeit ausgesehen
hat. Millie muss sich die Mütze mal
wegdenken. Wie sähe die Nofitätärätätä dann
aus?

Schwer zu sagen. Vielleicht hatte sie eine

Beule am Kopf. Jedenfalls hat sie keine
Elefantenohren.
Lippen mit Lippenstift.
Und was ist mit ihren Augen los? Sie hat nur
eins.
»Hat sie geschielt?«, fragt Millie.
»Es gibt eine Geschichte dazu«, sagt Mama.
Mama erzählt. Danach weiß Millie, dass die
Nofitätärätätä eine ägyptische Königin war.
Klar, dass sie mit einem König verheiratet
gewesen ist. Sie hat in Wirklichkeit doch zwei
Augen gehabt. Es gibt nämlich Bilder von
ihr, wo alles dran ist. Eines Tages sollte ein
Bildhauer die Königin in Stein meißeln. Nur
den Kopf. Das nennt man Büste. Oke. Die
Nofitätärätätä hat lange still sitzen müssen.
Jetzt war die Büste fast fertig. Der Bildhauer
brauchte nur noch dran rumzumalen.
Lippenstift und so. Augenbrauenstift. Das
rechte Auge, das hat der Bildhauer noch
geschafft. Da gab es plötzlich ein Erdbeben.
Alles krachte zusammen. Auch das Haus,
in dem der Bildhauer wohnte. Die Büste
wurde verschüttet und erst neulich wieder
ausgegraben. Na, doch länger her. Vor

hundert Jahren. Sie steht jetzt in Berlin, auch wenn sie ja eigentlich zu Ägypten gehört. Die Nofitätärätätä ist über dreitausend Jahre alt. Dreitausend Jahre und ein paar zerquetschte. Wie viele zerquetschte? Hat Millie schon vergessen.

Noch 'n Museum?

Mama schlägt die Neue Nationalgalerie vor.

»Muss das sein?«, fragt Papa.

Ja, muss das sein?

»Lasst uns erst einmal schauen, was uns da geboten wird«, sagt Mama.

Die Nationalgalerie schaut gut aus. Millie sieht das schon von der Straße aus. Das ganze Gebäude ist aus Glas. Wenn es innendrin langweilig ist, kann man auch nach draußen schauen. Da ist oft mehr los.

He, da drüben ist ein Parkplatz. Bitte Platz machen!

Die Parklücke ist sehr eng. Papa muss zuerst mit dem halben Auto auf den Fußgängerweg fahren, dann zurücksetzen. Millie weiß, wie das geht. Keine Bange, gleich sind sie wieder runter vom Bürgersteig.

»Ich weise dich mal ein«, sagt Mama. »Damit

du weißt, wie viel Platz du hast, und nichts
passiert.«

»Gute Idee«, sagt Papa. »Mach mal.«

»Ich komm mit«, sagt Millie. »Damit nichts
passiert.«

»Pass auf dich auf«, sagt Papa und kurbelt
das Fenster runter, damit er Millie und Mama
auch richtig hören kann.

Kaum sind Mama und Millie ausgestiegen,
werden sie schon angeschnauzt.

Von wem?

Na, von einer Berliner Schnauze. Der Kerl
sieht komisch aus. Seine Haare sind ganz
verrutscht. Oder er trägt eine Perücke. So
einen weißgraubraunen, raufaserigen Pfannkuchen.

Und er hat einen Hund bei sich. Schon
wieder ein Berliner Hund! Deshalb gibt es in
Berlin ja auch so viele Hundehaufen.

Den Hund hält der Perückenheini an sehr
kurzer Leine. Manchmal ruckt er dran. Dann
knurrt der Hund.

Wenn man genau hinschaut, dann sieht der
Hund auch aus wie sein Herrchen. Das ist die
Regel!

Dieser hier hat auch so ein weißgraubraunes, raufaseriges Pfannkuchenfell.

Leider ist der Hund nicht gerade klein, kein Schoßhündchen oder so. Aber das Schlimmste ist, dass er ein Knurrhund ist.

Der Perückenheini sagt: »Hamse dir schief jewickelt?«

Meint der etwa Papa?

»Haben Sie was gesagt?«, fragt Papa.

Der Perückenheini ruckt wieder an der Leine von seinem Raufaserdackel. Das soll was bedeuten. Es bedeutet wohl, dass man auf den Hund achten muss. Der Raufaserdackel könnte gefährlich werden. Er schaut schon so komisch auf Millies Ostereierhand. Er knurrt.

»Nun mal ruhig«, sagt Mama. »Wir bleiben ja nicht auf dem Fußgängerweg stehen. Wir sind dabei, das Auto einzuparken.«

Sie hat Millie an die Hand genommen. Das ist gut. Aber wenn Mama jetzt bitte mit dem Perückenheini fertig werden könnte … Millie weiß nämlich nicht, was sie mit dem Raufaserdackel tun soll. Vorsichtshalber versteckt sie ihre Ostereierhand schon mal hinter dem Rücken.

Der Perückenheini gibt aber keine Ruhe. Er bückt sich sogar, um zu Papa ins Auto zu schauen.

»Det is nur für Fußjänger«, sagt er. »Wenn ick meen Aujust Bescheed sare, dann verpassta dir eene, dette de Engel in 'n Himmel feifen hörst.«

»Nun halten Sie mal die Luft an«, sagt Papa und fährt zurück und vor und zurück und vor, ganz ohne Mamas und Millies Hilfe. Mama und Millie steigen schnell wieder ins Auto und schließen die Türen. Mama hat auch Schiss. Uh, blöd, wenn Eltern Angst haben.

Mama sagt: »Wir stehen hinten zehn Zentimeter über der Markierung.«

»Der vor uns steht auch zehn Zentimeter drüber«, meint Papa.

»Ob der uns was tut?«, fragt Millie.

»Wer?«

»Der Perückenheini.«

»Der hat nur 'ne große Klappe.«

»Und der Aujust?«

»Wer ist August?«, fragt Papa.

Hat er das nicht mitbekommen? Der Knurrhund heißt doch so.

»Na, der kann uns höchstens ans Auto pinkeln.«

Das wäre fies, aber es wäre nicht so schlimm. Mama, Papa, Millie und Trudel tun jetzt so, als wollten sie hier vor der Nationalgalerie übernachten. Trudel kriegt was zu trinken, und Millie bekommt eine Banane.

»Möchtet ihr auch ein Gummibärchen?«

»Bummibäh! Bummibäh!«

Da hat es der Perückenheini mit Aujust, dem Raufaserdackel, aufgegeben. Er zischt ab. Millie fällt ein Stein vom Herzen.

Und was hat die Neue Nationalgalerie zu bieten?

Moderne Kunst!

Ha! Moderne Kunst haben sie schon in New York gesehen. Das sieht Mama ein. Ihr neuer Vorschlag ist viel besser. Die Nationalgalerie hat nämlich auch einen Skulpturengarten.

»Einen … was?«

»Einen Garten, in dem Skulpturen stehen. Und Skulpturen sind Figuren oder Denkmäler in Stein gehauen.«

Das haben wir doch gerade gehabt, Mama. Nofitätärätätä! Aber heute Nachmittag ist

in dem Garten, wo die Kullergurken stehen,
noch was anderes los.

Kinderfest! Prima. Papa, bezahl mal Eintritt!
Um in den Kullergurken-Garten zu gelangen,
muss man außenrum und runtergehen.

In den Keller?

Nee. Auch in ein Gefängnis. Das sieht hier ja
aus wie das Kittchen in Moabit! Diese hohen
Mauern und dann das große Gefängnistor.
Aber man kommt in den Kullergurken-
Garten wenigstens hinein.

Rundherum stehen die dunklen Mauern.
Man kann nicht ausreißen, wenn man erst mal
gefangen ist.

Bei einem Kinderfest gibt es immer was
geschenkt. Was wird es dieses Mal sein?
Ein rotes Käppi. Bunte Lesezeichen. Luft-
ballons. Ohne Ballons ist es ja kein Fest.

Und was wird gefeiert? Gar nichts. Es ist ein
stilles Fest. Es wird nämlich vorgelesen. Eine
Museumstante hat sich dort vorne hingehockt
und blättert in einem Buch.

Alle Kinder müssen sich hinsetzen. Die Leute
vom Museum haben auf die Zuhörerwiese lila
Kissen geschmissen. Lila!

Eltern durften auch mit in das Kullergurken-
Gefängnis.

Obwohl hier keiner weglaufen kann. Es gibt
ja die Mauern.

Und Wachleute! Passen die auf die Kinder
auf?

Überhaupt nicht. Sie passen auf, dass die
Kullergurken nicht gestohlen werden.

Wer würde denn so was tun? Niemand. Sie
würden gar nicht ins Auto passen. Selbst
zu Hause kann sich niemand Kullergurken
aufstellen. Höchstens, wenn man ein Loch
durch die Decke bohrt, so groß sind die
nämlich.

Im Garten gibt es auch ein Schwimmbad. Es
ist leider nicht zum Schwimmen gedacht. Ist
ja auch bloß ein Planschbecken. Man darf
nicht reinhopsen. Es ist nur zur Zierde da.
Damit man das kapiert, steht am Rand vom
Wasserbecken ein Wachmann und guckt, ob
es unartige Kinder gibt.

Schön brav sein, Trudelchen.

Was liest die Tante denn vor?

Das gibt es doch nicht! Die Museumstante
liest die Trollgeschichte vor!

Kennt Millie schon.

Huah!

Jetzt könnte Millie glatt einpennen. Wenn
nicht gleich was passiert!

Aber was soll hier schon passieren?

Millie blickt sich um. Alle Leute hören
gespannt der Trollgeschichte zu.

Trudel ist auch ganz bei der Sache. Und alle,
alle anderen Kinder auch.

*Der alte Troll sieht ein bisschen fies und ein
bisschen gemütlich aus. Er hat listige Augen.
Und er trägt ein scharlachrotes Wams mit
aufgenähter goldener Litze, Samthosen bis zum
Knie und schwarze Schnallenschuhe.*

Ja, ja, ja.

Millie will sich behutsam von dannen
schleichen. Sonst haut es sie gleich noch
um.

Was haut sie um?

Der Schlaf, Mensch.

Es ist gar kein Problem, vom lila Kissen zu
rollen und auf Knien herumzurutschen. Die
Hose? Na, die wird Flecken bekommen.
Pppfff. Wofür gibt es denn eine Wasch-
maschine? Millie krabbelt auf allen vieren

zu den Kullergurken. Zu dem Denkmal mit den vielen Busen, vorne und hinten und überall.

Ach, unten am Sockel steht was drauf. Damit man weiß, was man sieht.

Die große Wäscherin.

Das passt doch gut. Die kann dann ja gleich Millies Hose waschen.

Millie macht doch nur Witze.

Und was gibt's denn noch? Was steht da auf dem Schild?

Heiliger.

Eigentlich sind es drei Heilige. Sollen das die Heiligen Drei Könige sein? Die Weisen aus dem Morgenland? Man kann es nicht erkennen. Und zwei von den Heiligen sind sogar ins Wasser geplumpst. Obwohl es nur ein Planschbecken ist.

Und da drüben das Ding? Man kann sehen, dass es eine nackte Frau ist. Sie hat auch einen Namen. Sie heißt *Herbst*. Das ist blöd. Sie müsste *Sommer* heißen. Nackt herumlaufen geht nur bei Hitze. Im Herbst ist es doch schon kühl.

So, jetzt hat Millie alles gesehen. Sie krabbelt

zurück. Sie ist jetzt ein Pferd. Oder nein, sie
ist das Krokodil vom Wasserklops.
Krokodile kriechen langsam. Sie wackeln mit
dem Kopf hin und her und hin und her.
Krokodile haben auch Durst. Manchmal.
Jetzt ist manchmal. »Gibt es hier denn auch
was zu trinken?«, murmelt Millie in ihren
Bart.
Es ist ja nur ein Spiel.
Das Krokodil will zum Wasserbecken.
Wickelwackel, wickelwackel.
Der Wachmann am Schwimmbad schaut gar
nicht hin. Er hört auch der Trollgeschichte
zu.
Jetzt ist das Krokodil am Planschbecken
angelangt. Es schaut runter ins Wasser.
Wickelwackel, wickelwackel.
Toll! Man wird ja im Wasser gespiegelt! Millie
kann sich sehen. Ihren Kopf. Und dahinter
ist der Himmel. Sogar die Wolken ziehen
dort unten im Wasser vorbei. Schön sieht das
aus. Aber es wird einem auch ein bisschen
schwindelig dabei.
Millie guckt und guckt, und die Wolken
ziehen nach links, und die Wolken nehmen

Millie mit, alles dreht sich. Dann macht es plumps. Da ist Millie im Wasser gelandet.

»Huch!«, schreien die Leute.

Was machen die denn für ein Theater? Und wie regen sich Mama und Papa auf.

»Millie!«

Ja, kann denn der blöde Wachmann nicht aufpassen? Er weiß doch, wie gefährlich das Wasserbecken ist. Man kann hineinkullern! Mehr kann jedoch nicht passieren. Das Wasser

geht Millie nicht mal bis zu den Knien. Es
wäre was anderes, wenn Trudel hineingefallen
wäre.

Millie kann alleine aus dem Teich krabbeln,
Hände weg.

Dann muss sie sich wieder auf die
Zuhörerwiese setzen.

Aber neben das lila Kissen.

Es ist gut, dass so viele Leute hier im Kullergurken-Garten sind. Sonst hätten Mama und
Papa so ein Theater gemacht. Jetzt müssen sie
den Mund halten.

Ab und zu schaut Papa Millie an und
schüttelt den Kopf.

Ab und zu schaut Mama Millie an und
schüttelt den Kopf. Trudel hält mit Millie
Händchen. Sie ist froh, dass Millie nicht
ertrunken ist, gell, Trudel?

Pack die Badehose ein

Gestern Abend hat Millie noch mit Jocko telefoniert. Pünktlich um halb acht hat das Handy geklingelt.

Jocko hat Millie Vorwürfe gemacht. Weil sie am Tag zuvor nicht zu erreichen war. Immer besetzt!

»Ja, da habe ich mit Kucki gesprochen. Hast du was dagegen?«

»Nö«, hat Jocko gesagt, aber er hat so rumgeeiert.

»Ist was?«

»Nö.«

»Ja, wenn du mir nichts zu erzählen hast …«

»Nichts Besonderes«, hat Jocko schnell gesagt.

»Außer dass ich den Uhu getroffen hab.«

»Und?«

»Ich hab ihm gesagt, dass ich mit dir gesprochen habe.«

»Und?«

»Ich glaube, er fand das nicht so gut.«
»Der soll sich nicht so haben«, hat Millie gesagt.
»Ja, der kann sich ruhig ärgern«, hat Jocko gemeint.
»Warum soll er sich ärgern?«
»Na, weil ich näher dran bin bei dir.«
»Was für 'n Quatsch«, hat Millie gesagt und über die Schulter hinweg gefragt: »Wie viel Kilometer sind wir von zu Hause weg?«
Mama und Papa haben wie aus einem Mund geantwortet: »Siebenhundert.«
»Hast du gehört?«, hat Millie ins Handy gerufen. »Ihr seid beide siebenhundert Kilometer weit weg von mir.«
»Wenn du das so siehst …«
»Das ist so«, hat Millie gesagt. »Und tschüs.«
Aber heute Abend wird sie wieder zu Hause sein. Zwei Kilometer weit weg von Jocko und dem Uhu. Die können ja gern mal nachmessen. Was bilden die sich denn ein? Gus und Wulle wohnen nur fünfzig Meter weit weg von Millie. Und? Ist einer näher dran als der andere? Einer ist ihr lieber als der andere! Oder hat Jocko so was gemeint?

Na, jetzt muss sie erst einmal von Maxe
Abschied nehmen. Der ist ihr im Moment
sowieso der Liebste. Nach Mama und Papa
und Kucki.
Und was ist mit Trudel?
Trudel ist so dazwischen.
Der Bäckerladen und das Frühstückscafé sind
heute, am Sonntag, zwei Stunden geöffnet.
Das reicht für ein Brötchen und eine Tasse
Kakao.
Maxe ist etwas schwermütig.
»Ick werd mir de Oogen ausweenen«, sagt
er.
Aber doch nicht wegen Millie!
Doch!

»Alleene jraul ick mir«, sagt Maxe.

»Du willst mich auf den Arm nehmen«, sagt Millie und tunkt ihr Frühstücksbrötchen in den Kakao.

Und Maxe meint: »Du merkst aba ooch allet.«

Da hat er recht. Millie ist doch ein schlaues Kind.

In diesem Moment rappelt und klappert es hinter ihnen auf der Straße. Millie braucht gar nicht hinzuschauen. Sie weiß schon, dass es Willi, der Kuchendieb, ist. Den würde sie am Geräusch seines Fahrrads schon aus siebenhundert Kilometern Entfernung erkennen.

»Das ist er«, sagt sie. »Der Kuchendieb.«

»Meenste?«, fragt Maxe und sieht sich um.

»Ja«, sagt Millie. »Der sieht doch aus wie Willi von Biene Maja. Kiek ma richtig hin.«

Willi hat sein Fahrrad wieder an der Ecke abgestellt. Jetzt will er sich in den Laden schleichen. Aber Maxe schnappt ihn sich.

»Du bist woll von 'n Affen jebissen«, sagt er. »Kommst rin und klaust meener Mutta den Kuchen von de Theke, wa?«

»Wat is'n los?«, fragt Willi ganz unschuldig.

»Wat willste denn von mir?«

»De Piepen«, sagt Maxe. »Für det, wat du meener Mutta vorjestern jemopst hast.«

»Icke?«

»Nu mach aba ma dalli.«

Millie schaut mit offenem Mund von einem zum anderen. Von Maxe auf Willi und von Willi auf Maxe. Sie ist gespannt, wie die Sache ausgeht, wenn zwei Berliner Schnauzen aufeinandertreffen.

»Ick steh mir ja hier de Beene in 'n Bauch«, sagt Maxe. »Wat is denn nu?« Er guckt sich Willi von oben bis unten an.

Willi ist einen Kopf kleiner als Maxe, dafür aber fast doppelt so dick. Es ist nicht klar, welcher von beiden gewinnen würde. Wenn's eine Klopperei gäbe!

Plötzlich gibt Willi einfach nach. Er greift in die Hosentasche und holt ein paar Münzen heraus.

»Mehr hab ick nich«, sagt er und steht da wie ein Häufchen Elend.

Maxe kratzt sich am Kopf. »Horch ma zu, ick will dir wat saren«, beginnt er.

Aber bevor Maxe noch loslegen kann, heult
der kleine, dicke Willi los.
»Is doch wejen de jroßen Jungs«, sagt er.
»Die wolln mir verkloppen, wenn ick nich tu,
wat se saren.«
»Wo jibt's denn so wat«, sagt Maxe. »Det
fangt mir jetzt an ze ärjern. Den wer 'k uff
de Foten treten, da kannste Jift druff nehm.
Un hör uff zu flenn, Kleener. Det kriejen wir
jerejelt. Wir zwee beede.«
Oh, ist das schön! Da kann Millie ja ganz
beruhigt nach Hause fahren. Maxe ist wieder
zu zweit! »Tschüs, Maxe!«
»Tschüs, kleenes Häseken, mach's ma jut! Un
verjess mir den ollen Maxe nich.«
Nie im Leben!
Das Auto brummt. Das Auto rollt. Schon
fährt es die große Allee entlang in den Vorgarten von Berlin nach Pottstadt.
»Halt!«, ruft Mama plötzlich. »Was wir
unbedingt noch sehen müssen, ist der Wannsee. Die Badewanne der Berliner.«
»Erstens haben wir keine Zeit, und zweitens
haben wir keine Badesachen dabei«, wirft
Papa ein.

»Nur mal kurz gucken«, sagt Mama.

»Du denkst, du kommst da rein?«

»Nur mal kurz gucken«, wiederholt Mama.

Sie kennt sogar ein Berliner Badewannenlied.

Pack die Badehose ein, nimm dein kleines Schwesterlein, und dann nischt wie raus zum Wannsee.

Mama kennt nur drei Zeilen von dem Lied. Millie lernt es schnell. Wenn man es einmal gehört hat, bleibt es im Kopf hängen. Es ist ein Ohrwurm.

Lalalalalala, lalalalalala …

Das Lied ist wie für Millie geschrieben. Für Millie und Trudel. Große Schwester, kleine Schwester.

Ganz schön weit weg, der Wannsee. Ist das denn noch Berlin, Papa?

Jetzt rechts rein.

Parkplatz!

Nichts los.

Warum nicht? Ach, ist noch zu früh am Tag. Nur wenige Autos stehen herum. Und den Wannsee kann man auch nicht sehen.

Da ist ein Kassenhäuschen. Nee, zwee! Eins ist besetzt, und eins ist leer.

Neben den Kassenhäuschen sind Drehflügel.
Da kommt man aber nicht hinein, sondern
nur hinaus.
Hinein kommt man, wenn man eine Fahr-
karte gelöst hat. Quatsch, eine Eintrittskarte.
»Und was willst du jetzt hier?«, fragt Papa
und sieht Mama verständnislos an.
»Nur mal kurz gucken«, sagt Mama, ist
aus dem Auto gestiegen und läuft zum
Kassenhäuschen.
Papa, Millie und Trudel rennen ihr nach.
Mama ist wohl plemplem geworden. Nur
gucken darf man in einer Badeanstalt
nicht. Es sei denn, man hat Eintritt bezahlt.
Will Mama vier Karten kaufen? Nur fürs
Gucken?
Noch vor dem Kassenhäuschen haben sie
Mama eingeholt. Aber auch hier kann man
noch nichts vom Wannsee sehen. Die Kassen-
frau greift schon nach den Tickets.
»Viermal?«, fragt sie.
»Wir wollen gar nicht rein«, sagt Mama. »Wir
wollen nur mal kurz gucken.«
Na, hoffentlich ist die Kassenfrau keine
Berliner Schnauze.

Nein, sie spricht nicht Berlinerisch, sondern normal.

»Was wollen Sie?« Sie hat wohl noch nie gehört, dass jemand nur einen Blick auf den Wannsee werfen möchte.

»Wir sind auf der Heimreise«, sagt Mama sehr höflich. »Wir haben Berlin einen Besuch abgestattet.«

Sag doch *Schnäppchenreise*, Mama, dann weiß die Kassenfrau gleich, dass es kein Badeurlaub war.

Die Kassenfrau sagt nichts, sie guckt nur. Sie schaut Mama und Papa und Millie und die kleine Schwester an. In ihren Augen steht eine große Frage.

»Wir wollen nur mal schauen, wie der Wannsee aussieht«, sagt Mama. »Wir haben viel davon gehört. Nur mal gucken, ganz kurz, bitte.«

Da öffnet die Kassenfrau den Mund.

»Fünf Minuten«, sagt sie. »Wenn es länger dauert, kassiere ich Sie.«

Au Backe. Fünf Minuten! Schnell, schnell. Wenn sie es nicht rechtzeitig schaffen, werden sie kassiert.

Was passiert dann?

Dann werden sie weggeschleppt. Frau Heimchen kassiert oft ein Buch von Millie. Oder einen Liebesbrief vom Uhu. Dann ist er weg. Millie bekommt die kassierten Sachen von Frau Heimchen oft erst nach Tagen zurück.

Nun mal los! Sie drängen sich am Häuschen und der Kassenfrau vorbei. Ob die nett zu ihnen war, wird man erst hinterher wissen. Vielleicht wird sie auch die ganze Familie ins Kittchen nach Moabit schleppen.

»Lalalalalalala«, singt Millie vor Aufregung. Singen vertreibt die Angst.

Und? Wie sieht es hier am Wannsee aus?

Ganz hübsch. Bäume, Bäume, Blumen.

Aber keine Zeit zum Gucken. Fünf Minuten! Sonst werden sie kassiert!

Dann eine Treppe hinunter. Gucken.

Oh!

Der Wannsee!

Mann, ist der schön. Das hätte Millie nicht gedacht. Mist, dass sie keine Badesachen dabeihaben.

Am Wannsee ist es wie am Meer. Rechts und

links gibt es einen wunderbaren, weißen Sandstrand. Puderzucker. So weit das Auge reicht!

Und Strandkörbe stehen auf dem Puderzucker! Wie am richtigen Meer!

Der Himmel ist weit, und die Wolken ziehen, und das Meer ist blau. Entschuldigung, der Wannsee.

»Nächstes Mal müssen wir aber Badeanzüge mitnehmen«, sagt Millie.

Mama guckt und guckt, und Papa sieht auch sehr glücklich aus. Es gibt nämlich sehr viel Schönes zu sehen. Außer dem Puderzucker und den Strandkörben.

Da ist ein hübsches Klettergerüst. Das wäre was für Millie. Und drüben steht ein Kiosk mit Gummiquietscheentchen.

Für Trudel.

Dort haben sie eine Brutzelbude aufgebaut. Wäre das was für Mama und Papa?

Trudel aber möchte baden.

Sie sagt: »Tudelpissepassemachn.«

Nein, Trudelchen, keine Zeit, keine Zeit.

Fünf Minuten! Sonst werden sie kassiert!

Oh, Millie hat wieder so ein Gefühl zwischen

Angst und Aufregung im Bauch. Ist es nicht schon zu spät? Haben sie schon im Kittchen ein Zimmer frei gemacht?

Manno, legt doch mal einen Zahn zu. Mama! Papa! Millie hat sich zwar gewünscht, das Kittchen einmal von innen zu sehen. Aber das hat sie nur aus Spaß gedacht. Es war nicht ernst gemeint!

Also, hopp, hopp.

Wettrennen!

Millie ist als Erste am Kassenhäuschen angekommen. Sie ist ganz außer Atem.

Sind die fünf Minuten schon vorbei? Wird man sie jetzt kassieren? Oder hat es noch gereicht?

Millie traut sich gar nicht, zur Kassenfrau hinzuschauen. Sie stellt sich lieber schon mal in das Drehkreuz. Bevor die Kassenfrau es vielleicht noch abschaltet und sie in der Falle sitzen.

Endlich sind Mama und Papa da. Trudel hat zum guten Schluss auch noch Dampf gemacht.

Zum guten Schluss!

Hähäh, sie sind gar nicht kassiert worden!

Obwohl alles zusammen mindestens sechs
Minuten gedauert hat. Besonders Mama ist
eine lahme Gans gewesen. Sie ist bei dem
Wettlauf Letzte geworden. Und mittendrin
im Drehkreuz bleibt Mama auch noch stehen
und schaut zurück.

»Nur mal kurz gucken«, sagt sie.

Millie hält den Atem an.

Aber dann sagt Mama zur Kassenfrau: »Danke
schön.«

Wofür hat sie sich denn bedankt? Etwa
dafür, dass Millie vor lauter Angst die Hosen
gestrichen voll hatte?

Haus ohne Sorgen

Und husch sind sie in Pottstadt, dem
Vorgarten von Berlin, angelangt. Das ist da,
wo König Fritz, der Alte, sein Haus ohne
Sorgen gebaut hat.
Unterwegs dorthin erzählt Mama die
Geschichte vom König.
Es war einmal …
Der Papa vom Fritz war auch schon König
gewesen. Er wollte nicht, dass Fritz so viel
liest, höchstens die Bibel, aber kein Troll-
buch. Fritz lernte jedoch heimlich Gedichte
auswendig. Das war noch in Berlin. Er konnte
Blockflöte spielen. Und er sprach sogar
Französisch! *Süllepong dawinjong.*
Am liebsten aber fuhr der König, als er groß
und auch schon alt war, zum Haus ohne
Sorgen nach Pottstadt. Da konnte er lesen
und Musik machen, so viel er wollte. Und mit
seinen Hunden spielen. Wenn er Zeit hatte.

Er war nämlich sehr beschäftigt, weil er Krieg führte.

Zuerst hieß der König also *der Große,* dann *der Alte,* und jetzt ist er tot. Er liegt neben seinen Hunden am Haus ohne Sorgen begraben. Die Hunde sind auch gestorben. Das Haus ohne Sorgen müssen sie erst einmal suchen.

»Sanssouci? Sanssouci? Da hinüber, nein, jetzt links, jetzt rechts.« Mama kann die Wegweiser schneller lesen als Millie.

Da entdecken sie den Schlosspark.

Bitte alle aussteigen!

Auch in Pottstadt gibt es viele Springbrunnen. Der König hat sie gebaut. Das Wasser am Königsbrunnen sprudelt aus Löwenköpfen. Man muss auf Trudel aufpassen. Wenn Wasser plätschert, kann es eine Katastrophe geben. Deswegen hält Mama Trudel lieber schnell vor dem dicksten Baum im Park ab. Das funktioniert immer!

Und wo ist das Schloss?

Natürlich den Hügel hinauf, Papa. Ein König baut sich sein Schloss an der höchsten Stelle im Land. Weiß Papa das nicht? Ja, da steht es,

das Haus ohne Sorgen. Man muss den Hügel
hinaufhasten. Uff, uff, uff.
Wenn man oben steht, kann man wieder
runterlaufen. Der Garten ist eine Treppe
mit sehr großen Stufen. Darauf sind Hecken
gepflanzt, Weintrauben und Zitronen-
bäumchen. Die Weintrauben kommen nicht
direkt aus der Erde, sie hängen an knorrigen
Ästen.
Millie würde gerne den ganzen Garten
runterhopsen. Das geht leichter als
hochklettern.
Mama aber sagt: »Wir haben nicht so viel
Zeit. Wir müssen heute irgendwann nochmal
zu Hause ankommen. Einmal um das Schloss
herum, das genügt.«
Aber sie brauchen nicht zu rennen. Oder,
Mama? Der Kies knirscht so schön unter den
Füßen.
Von allem, was das Schloss zu bieten hat,
findet Trudel die Kieselsteine, die auf
dem Boden liegen, am besten. Sie hat sich
hingehockt und sammelt Steinchen. Ihre
Hände sind noch klein, deswegen kann sie
keinen Lastwagen voller Steine mit nach

Hause nehmen. Niemand braucht sich also aufzuregen.

Millie findet es am schönsten, nach oben zu schauen. Dort sind die luftigen Gartenhäuschen. Der König hat goldene Sonnen hineingehängt. In der Mitte der Sonnen klebt immer ein blödes Fettgesicht.

Vor Millie läuft eine Frau her. Sie trägt ein rosa Kleid, rosa Schuhe und einen rosa Regenschirm. Obwohl doch heute endlich einmal die Sonne scheint!

Die Frau hat rosa Haare und eine rosa Haut. Da sind aber lauter braune Flecken drauf. Eigentlich sieht die Frau aus wie Frau Heimchen, wenn sie hundert Jahre alt wäre. Bestimmt ist sie auch mal Lehrerin gewesen. Sie weiß nämlich alles.

Neben der Frau läuft ihr Mann. Der sieht auch rosa aus. Das mit den rosa Haaren von der Frau ist gelogen. Die Frau hat weiße Haare. Die Haare von dem Mann sind auch weiß. Aber sonst ist er rosa. Ehrlich.

»Mit sechzehn Jahren hat Friedrich der Große heimlich Flötenunterricht genommen«, sagt Frau Rosa.

»Hmhm«, sagt Herr Rosa.

»Er lernte, Querflöte zu spielen.«

»Hmhm«, sagt Herr Rosa.

Millie verbessert Frau Rosa.

»Blockflöte«, sagt sie.

Frau Rosa ist ganz verdattert.

Soll sie doch. Es ist logisch, dass man mit Blockflöte anfängt. Kucki hat auch mit Blockflöte angefangen. Da war sie fünf Jahre alt. Kucki spielt immer noch Blockflöte, und jetzt kommt sie schon bald in die zweite Klasse.

Und? Hat Millie nicht recht? An dem Gartenhäuschen, an dem sie jetzt vorbeikommen, da klebt oben … Na, was?

Millie zeigt mit dem Finger hoch.

»Blockflöte«, sagt sie und schaut Frau Rosa an.

»Hmhm«, sagt Herr Rosa.

Seine Frau sagt eine ganze Weile nix.

Dann aber fällt ihr wieder was zum König ein.

»Friedrich der Große hat selber hundertzwanzig Musikstücke für die Flöte komponiert. Im Alter von fast siebzig Jahren musste er aber das Flötenspiel aufgeben.«

»Weil er keine Zähne mehr hatte«, sagt Millie.

»Stimmt«, sagt Frau Rosa. »Ohne Zähne kann man Klavier spielen, aber nicht Flöte. Man weiß, dass dem König einige Zähne fehlten.«

»Vielleicht hatte er ja auch ein Gebiss?«, schlägt Millie vor.

»Ob die damals schon Gebisse kannten?«, grübelt Frau Rosa. Nee, bestimmt nicht. Sonst hätte der König ja keine Zahnlücke gehabt.

»Es gab damals auch noch keine Autos«, fährt Millie fort.

»Und keine Fernseher. Und keine Handys.«

»Ja, weil es keine Autos gab, hat der König sich auch fast nur auf Pferden fortbewegt«, sagt Frau Rosa. Man kann sich gut mit ihr unterhalten.

»Und was weißt du noch?«, fragt Millie.

Oh, nun hat sie Frau Rosa geduzt. Das macht man eigentlich nicht.

Mama mischt sich auch sofort ein.

»Millie!«, ruft sie. »Lass die Herrschaften jetzt mal in Ruhe.«

»Ach, ist schon gut«, meint Frau Rosa.
Sie kennt noch eine hübsche Königs-
geschichte.
»Der Alte Fritz liebte seine Hunde. Die
durften mit ihm vorne in der Kutsche fahren.
Es waren große Windhunde. Einer von
ihnen hieß Alkmene. Manchmal bellten die
Hunde. Dem König ging das auf einer Fahrt
von Sanssouci nach Berlin auf die Nerven.
Er sagte: ›Alkmene, bellen Sie doch nicht
so!‹«
Huch. Der König hat sogar seine Hunde
gesiezt. Er hatte wohl großen Respekt vor
ihnen.
Millie hat auch großen Respekt vor Hunden,
zum Beispiel vor dem Raufaserhund, der
sie gestern angeknurrt hat. Nur vor Frau
Morgenroths Hund hat sie keinen Respekt.
King ist ein Spielhund und kein Knurrhund.
»Weißt du noch eine Geschichte?«
Die letzte Geschichte geht so:
Als der Alte Fritz schon sehr alt war, schaute
er eines Tages zu, was seine Soldaten
so machten. Reiten, schießen, laufen,
strammstehen. Es regnete in Strömen. Der

König saß sechs Stunden auf seinem Pferd. Er hatte seinen Regenschirm vergessen.

Der König wollte nicht hören, wenn die Soldaten sagten, König, stell dich mal irgendwo unter. Du wirst ja pitschepatschenass.

Deshalb war der König schließlich bis auf die Knochen durchweicht. Er holte sich einen tüchtigen Schnupfen.

Das hat Millie sich ja gedacht.

Der Alte Fritz hat sich auch nicht richtig trockengerubbelt, und dann kam die Gefährlichkeit. Er musste sich ins Bett legen. Sie haben ihm Kamillentee und Zwieback gegeben. Aber das hat alles nichts genützt. Er ist gestorben. Er war alt, aber er ist auch sehr ungehorsam gewesen.

»Und wann war das alles?«

»Vor weit über zweihundert Jahren.«

Mama drängt zum Aufbruch. Und Trudel auf Papas Arm wirft bereits nach und nach die gesammelten Kieselsteinchen wieder auf die Erde.

Noch schnell gucken, wie das Schloss von außen aussieht.

Große Blumenvasen
stehen auf dem Dach,
alle mit Deckel, damit
bloß keiner auf die Idee
kommt, tatsächlich
Blumen reinzustellen.
Und dort, wo das gelbe
Schloss einen dicken
Bauch hat, sind oben

unter dem Rand Leute aus Stein angemauert.
Der König und die Königin! Und die
Minister! Und der Kanzler! Ach nee, den
Käsekönig gab es damals auch noch nicht.
Die Steinleute sind alle nackt, aber sie halten
Weintrauben vor den Bauch. Besonders
untenherum.
Frau Rosa sagt: »Ein paar Schritte von hier
liegt der König begraben. Wollen wir uns das
noch ansehen?«
Herr Rosa sagt: »Hmhm.«
Millie sagt: »Au ja.«
Da, wo der König begraben ist, sieht es
eigentlich nach nichts aus.
Nur ein bisschen Gras wächst dort. Mit Klee-
blumen drin. Dann liegt da eine Steinplatte

mit einem Blumensträußchen in der Ecke.
Gänseblümchen oder Kamillentee. Auf der
Platte ist mit kringeliger Schrift der Name
des Königs eingeritzt. Und darunter – mehr
links, oder ist das rechts? – liegt eine echte
Kartoffel.

Frau Rosa sagt: »Hier ruht Friedrich der
Große.«

»Und eine Kartoffel«, sagt Millie.

Frau Rosa zuckt ein wenig zusammen. Aber
es ist die Wahrheit, und die Wahrheit darf
man sagen.

Jetzt aber schnell Mama und Papa hinterher,
den Pfad runter zum Parkplatz.

Und da, Mensch, guckt doch alle mal, am
Rande des Weges, auf dem Kopfsteinpflaster,
da steht Friedrich der Große mit seiner Flöte
und macht Musik.

Die Töne kann man sogar schon von weitem
hören.

Der Alte Fritz tiriliert, was das Zeug hält. Er
kann aber nicht auswendig musizieren, er
hat einen Notenständer vor sich stehen. Und
seine Flöte?

Das ist eine Querflöte, Manno. Trotzdem

gilt, was Millie gesagt hat: Man fängt immer
mit der Blockflöte an.

He, König, wie siehst du denn aus? Das
kommt Millie aber bekannt vor. Hat sie das
nicht irgendwo schon mal gesehen? Überleg
mal, überleg mal.

Ach ja, der Alte Fritz ist genauso angezogen
wie der alte Troll aus dem Geschichtenbuch.
Er trägt ein scharlachrotes Wams mit
aufgenähter goldener Litze, Samthosen bis
zum Knie und schwarze Schnallenschuhe.
Das gibt es doch nicht!

Fritz sieht ein bisschen fies und ein bisschen
gemütlich aus. Er hat listige Augen. Listig?
Ach ja, Augen wie ein Fuchs. Schlaue Augen.
Genau wie der alte Troll.

Komisch, wie sich manche Leute ähneln.

Der Alte Fritz und der alte Troll.

Jocko und der Uhu.

Sogar Kucki und Maxe ähneln sich irgendwie.
Innendrin, nicht auf den ersten Blick.

Und Mama und Papa ähneln sich manchmal
auch. Innendrin. Vielleicht sind sich sogar
Millie und Trudel ähnlich.

Na, det wär doch 'n Ding!

Jetzt geht's aber ab nach Hause. Alles
erledigt?
Au Backe! Jetzt fällt Millie das Wichtigste
ein. Sie hat ja ihr Bärenleckerli gar nicht
bekommen. Trudel auch nicht. Niemand
aus dem Gespensterhotel hat ihnen die
Schnäppchensachen gebracht. Keine
Bärenüberraschungen und kein Bärenbier.
So geht das aber nicht! Mama wird zu Hause
einen Schimpfebrief ans Hotel schreiben
müssen. Ticketicketack, das geht ganz schnell
auf dem Computer. Oder Papa könnte sich
ans Telefon hängen und mit seiner Affenbrüll-
stimme rufen: Versprochen ist versprochen
und wird nicht gebrochen.

Das gilt immer, auch bei einer Schnäppchen-reise.

Und die Geister werden sagen, tut uns leid, tut uns leid, kommen Sie doch schnell nochmal vorbei und holen sich das Bären-leckerli ab. Mama, Papa, Millie und Trudel werden sich gleich wieder auf die Socken machen. Nächstes Wochenende schon. Aba jerne. Denn in Berlin, da tanzt der Bär.

Mit Millie auf Reisen

Dagmar Chidolue
Millie in Italien
Band 80296

Dagmar Chidolue
Millie in London
Band 80366

Dagmar Chidolue
Millie in Berlin
Band 80747

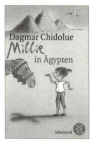

Dagmar Chidolue
Millie in Ägypten
Band 80939

Fischer Schatzinsel

fi 555 039 / 4 / a

Hier kommen Ricki und Rosa

So ein Umzug mitten im Schuljahr hat's in sich! Es geht drunter und drüber, und alles ist neu: die Wohnung, die Nachbarn, die Schule, die anderen Kinder. Blöderweise freundet sich Rickis ältere Schwester Rosa gleich mit Beule an, einem Jungen aus ihrer Klasse. Dabei war es Beule, der Ricki verhauen wollte! Zum Glück haben Jaro und Socke ihm beigestanden. Auch Leonie Himbeer ist in Rickis Klasse. Mann, ist die toll!

Wunderschön erzählte Alltagsgeschichten – mit vielen Bildern von Susanne Göhlich

Dagmar Chidolue
**Ricki und Rosa und das
große Drunter und Drüber**
Mit Bildern von
Susanne Göhlich
208 Seiten, gebunden

Fischer Schatzinsel

fi 85504 / 1

Hunde, Katzen,
kleine Glückspilze!

Ein schlauer Kater, der sich als rostroter Waschlappen tarnt, »Galant von Dingsbums«, der flinke kleine Hund von gegenüber, ein Osterhasen-Nikolaus-Vergleich – die Kinder in diesen Geschichten haben nicht nur ein Herz für Tiere, sondern auch jede Menge frecher Einfälle!

Die schönsten »Katzengeschichten«, »Glücksgeschichten« und »Hundegeschichten« von Dagmar Chidolue.

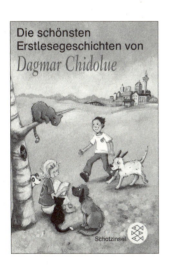

Dagmar Chidolue
**Die schönsten
Erstlesegeschichten
von Dagmar Chidolue**
Band 80714

Fischer Schatzinsel